The Idea

The Seven Elements of a Viable Story for Screen, Stage or Fiction

想清楚，寫明白

好的影視、劇場、小說故事必備的七大元素

Erik Bork

艾瑞克·柏克——著

張瓅文 譯

獻給

第一次或無數次嘗試寫出偉大故事的

每一位作者

致謝

本書是我過去三十多年來從事研究與劇本寫作的心血結晶，也包含了其中十年在加州大學洛杉磯分校和美國國立大學等學校教授寫作創作課程的精華，以及擔任世界各地、數百位不同程度作家導師的心路歷程。與眾人共事期間，我開始編纂一系列的知識、觀點和建議，進而構成了本書的大綱。因此，我首先最要感謝所有曾經找我尋求指導、意見回饋及信任我能為他們作品提供想法的作者。我在從事教書和寫作生涯中遇到的同事都對我有巨大的幫助，尤其是湯姆・漢克斯（Tom Hanks），是他讓我踏上職業作者之路，並且讓我參與一個又一個的企劃，你所能想到的魅力、智慧、熱情和大方隨和等特質，都能在他身上找到。

神奇的製作人東尼．圖（Tony To）讓我有機會寫下至今仍為人所熟悉的迷你劇集《諾曼第大空降》（*Band of Brothers*）和《飛向月球》（*From the Earth to the Moon*）劇本。我也要感謝布雷特．龍卡（Brett Loncar），他一直是我在創新藝人經紀公司（CAA）的節目經紀人，也是幫助我知道電視節目需求的關鍵人物——主要是排除許多不可行的內容，但對可行的作品也不遺餘力去推動。

最後，我要感謝我的妻子瑪格麗特（Margaret），她是一位才華橫溢的歌手、作詞家和音樂劇創作者，在我發展個人事業並幫助他人走上寫作之路的過程中，感謝她一路以來的支持與鼓勵。

【作者序】

寫作，是一個「想法」事業

在這個年代，想從事寫作應該會越來越簡單吧！相較於過去，現在想要完成一本書、創作網路劇，甚至是製作獨立電影，並將其呈現在群眾面前，創作者擁有的資源比過去豐富多了。在這個充滿自費出版、數位影片和社交媒體的年代裡，幾乎人人都可以創作，並分享個人作品，還無需想盡辦法讓掌權的守門人滿意點頭。

但如果想要在個人人脈與網路粉絲之外，拓展出廣大觀眾且實際獲利，那又是另一番故事了。若想以此為業，讓群眾願意付費觀賞或閱讀個人作品，很多人依然不知該從何下手。

在過去，如果想讓廣大觀眾看到你的作品，你需要經紀人、出版商、製作人和大公司在背後運作，這種情況至今依然沒有太大改變。時至今日，絕大多數的暢銷電影、電視劇、書籍與戲劇依然需要經過這類的傳統體制洗禮。

而且，現在想讓「守門人」放行的難度並未降低，所以要得到自己所預期的賞識並沒有想像中簡單。這是在寄出完成作品後，許多作者都難免會遇到的殘忍現實。

為什麼得不到賞識？守門人到底在找什麼？究竟為何如此之難？

答案其實很簡單。想破解通往潛在觀眾與職業發展的神祕道路，其實就是做到守門人想要的事情：一個能妥善執行的好想法，一個能在情感上抓住觀眾、吸引其注意力且能大力取悅群眾的想法。

但多數時候，守門人收到的都不是想要的作品。他們被百分之九十九排山倒海而來的作品所淹沒，在他們心裡，這些作品甚至連及格的邊緣都搆不著。於是他們只能把希望寄託在下一份作品。趕緊看，快點脫手。而遞交作品、一心等待佳音的作者最後只換來冷漠拒絕，或從此沒有下文。

經歷這段令人沮喪的過程之後，加上難以接觸到能讓作品突破困境的關鍵人物，我們往往會以為真正的問題是這扇大門門檻過高、太難接觸到決策者。彷彿唯有把作品送到對的人手中，我們才有機會大展身手！

但我從事編劇多年，也指導了不少想從事這行的人，根據我的專業經驗來看，「接觸到對的人」並不是化身成功作家最困難的環節。

最難的是寫出讓「對的人」閱讀時會激動的內容。

這也正是大多數人難以到達的境界。

為什麼做不到呢？一邊是滿心認為自己是有故事的作者，一邊是對創作內容不感興趣的「業者」，兩者之間的鴻溝究竟為何？是什麼原因讓這些具有決定性影響力的業界讀者興趣缺缺，甚至決定停止閱讀或直接跳過？

明顯缺乏專業寫作水準是原因之一。閱讀量豐富的讀者一眼就能判斷，而且只要讀過幾頁就知道是否要再讀下去，畢竟一開始就讓人提不起勁的作品很難會有漸入佳境的內容。

但你可能不相信，這其實不是主要原因。導致作品石沉大海的原因通常是故事本身的「基本想法」——可以用一、兩句話呈現的「故事梗概」，或是在自薦信中的概述，或是簡短的口頭表達。

寫作想法不夠吸引讀者，讀者也看不到故事發展潛力，於是事情往往就到此結束了，業界讀者甚至不用看完就能做決定。他們很清楚，核心想法才是讓一件作品在市場上流通的基本要素，但他們所看到的多數想法（以及讀過的稿子）都缺乏真正可行的中心想法。

想法（idea）是故事的核心前提或概念，來自以下五個問題的答案：

1. 這是誰的故事，為什麼我們要認同？
2. 在故事人物的生活場景與人際關係中，他們想要什麼？
3. 他們達成的手段為何？
4. 他們試圖解決什麼？為什麼會如此困難？
5. 這對他們（故事人物）與我們（讀者）的重要性為何？

這就是故事的基因。讀者對某題材是否感興趣往往直接取決於上述問題的答案。

我如何走到這一步？

我花了一些時間才找到答案。

大學畢業之後，我從俄亥俄州搬到洛杉磯，努力想成為一名專業的編劇。一開始我在二十世紀福斯影業（20th Century Fox studios）擔任辦公室助理，並利用空閒時間寫劇本，但當時寫出來的東西並不符合本書所列出的標準。不過當時的我其實也沒有意識到有這些標準的存在，只是一直努力模仿自己喜歡的電影，卻沒有從更深層的層面去認識它們。我一心埋首在故事結構和劇本寫作（跟多數作者一樣），但不知道怎樣才算有想法，甚至沒有意識到這是需要學習的東西，也不知道該從何學起。

這是因為從以前到現在，大多數關於劇本寫作的書籍都鮮少解釋何謂「想法」，而是把重點擺在故事結構、角色及寫作過程（更別提「商業」操作），卻忽略了一開始該如何選擇寫什麼的重要性。而作者本身對此也不夠重視。

當時，我隱約覺得最賣座的好萊塢劇本多屬於「高概念」（詳見〈第一章・專注於想法〉），但通常是我不太感興趣的動作片或奇幻類文本，所以我還是走「低概念」路線，寫一些受現實生活事件所啟發的喜劇／戲劇。這些故事內容都經過精心策劃，卻始終沒機會搬上銀幕。

接著，我選擇轉換跑道，參加加州大學洛杉磯分校的情境喜劇寫作課程。在那之後，我開始根據《歡樂一家親》（*Frasier*）、《我為卿狂》（*Mad About You*）和《六人行》（*Friends*）等既有節目撰寫「待售劇本」（spec）。這種情況下，作品是否有偉大或大膽的原創想法似乎就沒那麼重要了。我只需要在別人已經想出來的劇本基礎之上再加入「小小的」想法，然後妥善執行即可。最後，我終於擁有第一位屬於自己的經紀人，也讓我白天的老闆注意到我的寫作能力。

幸運的是，這位老闆就是湯姆．漢克斯（我在福斯公司的「派遣」名單中載浮載沉了兩年後，被分配到他的製作團隊），他讓我參與了一件專案工作——HBO的電視迷你劇集《飛向月球》。他慨然同意我參與該劇的寫作與製作過程，從此改變了我的人生。幾年後，我在《諾曼第大空降》的製作中也扮演類似角色——這是他為HBO執行製作的另一部迷你劇，合作導演是史蒂芬．史匹柏（Steven Spielberg）。

但這兩個項目都是直接取材自非虛構類的歷史迷你劇集，因此又跟多數作者嘗試的方向不同——即為電影、小說或電視劇構思原創想法。當時我不用考慮原創，只要學習如何將一些真人真事變成吸引觀眾的電視節目（但事情沒有因此變得比較容易，我也有出錯，而且還經歷了一段非常辛苦的學習過程）。

幸好這兩個項目都十分成功，讓我得以用作者身分跨入好萊塢大門，後來也才有機會向外界宣傳我的劇情片創作想法。這意味著我又回到起點，必須虛構出自己的全新想法。我沒有現成的作品（既有影集或非小說）可以依靠，一切都得靠自己找出「想法」。

於是我開始為劇情類影集（drama series）構思前提，但很快就發現事情的困難度遠超出預期。我自己的經紀人就回絕了我大部分的提案，認為我的想法還不足以觸及潛在買家，讓他們願意掏錢買單。這使我意識到在這個領域裡還有許多事情是自己不懂且需要學習的。

至此，我開始認真探索讓電視劇「成功賣座的想法」究竟為何。我把這件事情變成了全職工作（以一小時長度的劇集為主），最後終於提出某些能讓經紀人喜歡的想法，並願意竭力推銷給電視市場——意味著他們會請我寫試播集劇本（pilot script）[1]。

接著，我開始教授劇本寫作，以及指導心懷抱負的作者們。我發現他們幾乎都是從缺乏某些關鍵要素的想法開始，那正是我認為最根本、最需要具備的條件，但這些人並不知道問題所在。遺憾的是，他們為執行想法付出許多努力，但最終都沒有克服核心問題。

這幾乎發生在每位作者、甚至是絕大多數的項目上，包括由專業人士所撰寫的作品。

於是我開始根據個人經驗，歸納出可用於商業電影或電視連續劇的想法，如此一來，我便能以此教授他人（你可能已經想到了，這也對我的寫作有幫助）。我把這些想法寫在部落格中，並與共事的作者們分享。後來我發現，這些方法也適用於小說、戲劇和其他編劇以外形式的「故事」創作，進而推動了本書的誕生。

要提出一個真正成功的想法並不容易，但也不是像動腦科手術那般困難。最好的想法中往往是包含了簡單明確的元素，是一個可以讓人研究並投入的內容。要做到這一點，就必須先擺脫「只要寫完劇本」的心態。不是寫完就好。沒錯，寫作必須以高標準進行，這是理所當然的。但比執行或完成作品更重要的是作品背後的基本想法。成敗都取決於此。這真的是一個「想法事業」。

在本書中，我將提出讓故事具備成功想法的七大要素。

但在開始之前，請注意以下三點說明：

1. 我的目的是要幫助作者找出推銷個人作品之道，並以此為業。但是小眾的藝術影片或實驗電影、話劇或文學小說可能就不在本書主要的討論範圍。本書的重點是在討論能吸引大批潛在觀眾的想法，即商業小說、戲劇，以及熱門的電影與電視節目。換句話說，我要幫助的對象是收費創作的作者，創作出讓大多數人願意付費觀賞的作品。

2. 我的主業是編劇。雖然我認為本書的想法也適用於其他媒體的故事寫作，但為了讓事情簡單明瞭，我會使用如「劇本」和「觀眾」之類的表述方式，而你也可以用「書籍／書稿」或「讀者」來替換類似概念。我所謂的「讀者」是指作者需要取悅、讓作品有機會上市的專業讀者（包括經紀人、經理、製作人、出版商和收費篩選作品的讀者）。

3. 電視試播集（television pilot）的創作，與電影劇本、小說或話劇非常不同，因為它並非呈現有明確結局的單一故事，而是要介紹一系列劇集，內容涵蓋許許多多的小故事，通常還涉及各種不同的角色，因此在每章結尾都有一小節是在介紹如何將本書的原則運用在如電視的特殊媒介之上。

○○○

註1

觀看美國電視劇時，是否曾注意到有的劇集第一集會稱之為「Pilot」？中文譯作「試播集」，在美劇中是非常普遍且重要的做法，係以一集的長度來表現整部劇集的主題、風格等，主要是提供給電視臺作為審查之用，但有的試播集也會公開播放出來試人氣，也有的試播集會成為該劇第一季的第一集，而這一集的標題通常就訂為「Pilot」，例如《絕命毒師》（*Breaking Bad*）。由此可見，撰寫試播集劇本對作者而言是多麼重要的工作。

【推薦序】

不要再自我感覺良好
——故事產業的七宗罪

台北藝術大學戲劇系兼任助理教授，
著有《故事創作 Tips:32 堂創意課》
耿一偉

近年來影視編劇的著作如雨後春筍般出現，我特地去查了一下本書出版後，專業圈子的反應為何？幾個美國編劇網站，比如銀幕技巧（screencraft.org）、電影編劇集氣（screenwritingstruggle.com）、劇本天使（scriptangel.com）等，都有書評的發表，並給予好評，肯定本書將核心放在大多數編劇書所忽略的想法上頭。

另一個比較顯著的例子，是本書於二〇一八年九月出版後，線上編劇頻道

《電影勇氣》（*Film Courage*）於同年十二月四號，於Youtube上傳了一個對作者的專訪，近兩年來的點閱率達六萬三千次。對於一個全長有一個半小時、單機固定鏡頭的談話影片，這的確是相當高的觀看次數，而底下的留言有八十八則，幾乎都是正面評價，其中一則寫道：「艾瑞克・柏克在擔任我編劇教練的一個月期間，我所學到的，勝過我在南加大的編劇碩士學位，還有幾年來擔任好萊塢製作人的經驗，以及過程中上過的無數工作坊及課程。」

《想清楚，寫明白：好的影視、劇場、小說故事必備的七大元素》在亞馬遜書店的全球二七六則評分中，有百分之八十三的讀者都給了五顆星的滿分，我認為這本書會受大量肯定，是艾瑞克・柏克將故事寫作的焦點，放在從產業思考。許多作者或故事教學，都會把重點擺在寫作技巧上，而且非常重視原創。但其實，故事產業的基礎在類型，而觀眾眼中的原創性與作者心中的原創性是不一樣的。就觀眾或讀者的角度，他們總是先從類型出發，有人愛看科幻片，有人喜歡推理小說，有人專攻宮廷劇等。類型的好處，是觀眾的期待，建立在於對類型規則的熟悉，而故事作者的挑戰，是要超越觀眾的期待，在類型中有所突破，這就是娛樂性的來源。

如果是全然的原創，那也很棒，那是偉大的文學藝術，那是卡夫卡的《蛻變》，普魯斯特的《追憶逝水年華》，但這不是本書想討論的。

艾瑞克・柏克所列舉的七大要素，都是從觀眾出發的市場角度，去思考故事寫作應該注意什麼，並分享了他個人在產業與教學的第一手經驗，希望能協助編劇不要繞遠路，不要犯下故事產業的七宗罪。他將意義性放在最後一項，不是他認為意義不重要，而是好的故事，不是一開始就得先想意義，「作者通常是要到寫作尾聲才會想到（並開始探索主題），主題不必一開始就出現……無論一開始有沒有主題的想法都沒有關係，因為隨著故事發展，當其他要素都被解決之後，主題就會逐漸形成，並開花結果。甚至寫作過程可能需要一改再改，關鍵主題才會逐漸明朗。」

我在閱讀過程當中，經常覺得最喜悅也是最有收穫的，是作者將他的經驗化成可以參考的諸多原則，比如第三章的「讓觀眾揪心的八大困境」，第七章「最具療效的十帖娛樂良方」，第八章「讓觀眾感悟意義性的十種方式」等。這些原則是奠基在對大量具體故事案例的研究基礎上。如同一個個有效的故事路標，這些原則能協助想進入故事產業的創作者甚至製作公司，快速檢測自己是否在往對的方向前進。

這本書還有超越目前坊間其他故事寫作書籍的地方，是艾瑞克・柏克理解到不同媒體的說故事策略是不同的，電影通常是一個主角的故事，電視劇卻往往是一群面對相同困境的角色們的故事。在大多數編劇書都以電影為主要楷模的情況下，本書對於創作連續劇應該留意的特殊細節，有很多珍貴提醒，也彌補了網路劇大量拍攝的新時代產業需求。

如同好萊塢製片流行的一句話：「其實你真正需要的，往往只是一個好點子。」但好點子並不容易捕捉。作者從來沒有否定這一點，只消先讀最後一章〈讓「問題」發酵吧！〉，就知道艾瑞克・柏克的創作資歷，讓他對故事寫作的過程瞭若指掌，清楚最終這是神祕性所掌控的領域。

只是讀過本書之後，想加入故事產業的創作者會明白，故事的想法就是一把火炬，可以照亮前方道路，並透過七大元素的引導，避開危險，而不是自我感覺良好地跌落山谷，浪費創作時間與投資者金錢。

目次

第三章

相關性（Relatable）

第四章 原創性（Original）

第五章 可信度（Believable）

第一章

專注於想法

一部作品能否成功，

有百分之九十是取決於白紙黑字背後的因素。

因此，在開始架構或組織寫作內容之前，

請先專注於「想法」。

劇本完成後，作者需要得到一些建議，最好是由客觀的專業人士或有相關背景知識的人來提出最真實的看法，但想聽到這種真話並不容易。

一般來說，鮮少會有作者在投入大量時間寫作之前先徵詢他人的意見，但那卻是決定成品樣貌的關鍵點，更是影響後續所寫內容的重要決定。

為什麼一開始不先徵詢他人意見呢？或許是擔心想法會被偷走吧。新手作者通常會有此顧慮，而專業作者是鮮少多想。相較於較長的文本，如分場大綱或劇本，故事想法中的一、兩句話確實很難主張版權所有，但想法也不是那麼容易就可以被偷走的，就算想法被盜用，寫出來的劇本也很難跟原作者想寫的內容一模一樣。

但我認為對大多數作者而言，更主要的原因是因為想法的產出和評估是一段痛苦且無固定形式的過程，而且直到開始寫場景或故事架構前會覺得自己好像一事無成。琢磨故事想法跟「寫作」的感覺不同，但這是寫作過程中最重要的部分。

代表職業（或近職業）作者的經紀人和經理因為知道這一點，就會堅持客戶在開始寫作之前必須要先將想法理順一遍。他們會打回大多數的作品，沒退稿的作品也會給予很多意見，因為他們知道，如果沒有一個真正強大的想法，這種作品是無法賣給任何人的，而且他們也不希望客戶浪費時間寫出充滿問題的劇本。

身為編劇，我自己曾經忽視這件事情；身為其他作者的導師，我卻看到這個問題的普遍性。我讀過不下數百件青澀作者的作品，幾乎都出現了我在本書中所列出的重大原則問題。這意味著如果能在他們開始寫作之前先知道他們的想法，我就會努力說服他們重新思考。我對劇本所寫下的重要「註記」或批評中，有百分之九十都是關於在開始寫作之前的基本想法梳理。

因此，我想給各位作者的第一個建議是：開始架構或組織寫作內容**之前**，請先針對「想法」取得**客觀且有實質內容**的意見回饋。在進入下一個階段之前，你需要他人的意見，做出有實質意義的反思。

這段期間可能非常長，也會出現各種靈光乍現的想法，但轉眼即逝的亮點往往很難贏得專業讀者的青睞，更別提最終的作品了。那你何不現在先改過來，何必還要等到幾個月後都寫了一堆東西才改呢？

因此，無論是來自作家朋友或付費顧問的意見，只要你有辦法取得高質量的有效意見，請在構思想法階段就開始進行。

六三一法則

我認為一個項目成功與否，有百分之六十以上的因素取決於是否能以數行到一頁之間的長度陳述其核心想法。這也是所有業界人士是否願意青睞、考慮要不要繼續看下去的關鍵。

試想：能否取得機會，有六成的因素取決於這塊基本想法的敲門磚，而不是花了數個月去架構、寫作、重寫及獲取意見的努力——這些都不是最重要的部分。最重要的是在這一切**之前**所做的事。

但要找出基本想法並不容易，這需要花很長時間，經過多次試驗與錯誤，才有機會引起專業人士的興趣。我們都不想花大把時間質疑故事的前提，但「商機」會。除非專業人士看到商機，認為想法可行，否則通常會直接打槍。被否定的不只是故事想法，還有我們付出的所有心血。

許多作者即便從事寫作多年，他們所提出的故事想法也不見得能滿足本書所列之條件，這也是他們作品無法大賣或無法以此為業的主因。許多人把重點擺在追求專業的場景寫作和敘述架構，卻沒有去了解何謂**可行的想法**——其實這才是最重要的。

在讀完本書之後，如果真要記住什麼，就請你將重點擺在這「百分之六十」，並相應重新配置你的努力方向，朝「基本想法」發展邁進。多把時間和精力放在這一塊。學習構成想法，並讓自己更擅於產出，這是身為作者必須追求的首要目標。

一旦有了真正可行的想法，而且你很肯定（因為已經跟他人徹底審視過了），至此——也唯有走到這一步——繼續進行剩下的百分之四十才有意義。

剩下的百分之四十是什麼？

對我而言，一個項目的成功有百分之三十是取決於架構選擇，取決於在故事中一幕幕的場景會發生什麼事情——或是你在分場大綱中看到的內容。

這意味著成功與否只有百分之十是取決於文字——人們在成品中讀到的敘事方式與對話內容。也就是說，真正需要動筆的場景寫作，其重要性竟只占了最後百分之十的因素。

這或許會讓許多新手作者大吃一驚。真正影響一部作品成功與否，有百分之九十是取決於白紙黑字背後的因素——在作者開始跟劇本格式奮戰之前要做的事。

我要再次強調，並不是說在這條路上要走長、走遠不需要有頂尖的文字功力。當然，如果你的場景寫作功力令人印象深刻，然後也有強大的架構和分場大綱，那自然是最好。我只是想說，這兩件事並非決定項目成功與否的主要關鍵。事實上，文字優美和架構強大與否通常也很難有機會被列入考慮，因為一個項目有很高機率在構思想法的初期階段就胎死腹中了。

而失敗只有一個簡單的理由：讀者覺得故事想法缺少本書中提到的相關要素——這些是全世界都知道的重點，但不同的讀者或許會有不同的形容方式（甚至沒意識到這些就是他們在尋找的事情）。

話不多說，我們就來看看是哪七點……

構成好故事的七大「問題」要素

用整部故事來解決的問題，就是故事的核心。這是故事主角會主動解決的挑戰，會消耗故事人物（以及觀眾）的注意力、能量和情緒。從一開始只投入少數精力，然後慢慢一直努力堅持下去（而一路會越走越難），最後問題才得以解決。

故事的想法其實就是問題核心，是關於主角所面臨的問題或或努力達成的目標——有難度、有重要性、有障礙，以及他們如何解決問題。

這些就是專業人士想要從故事梗概（logine）或劇情大綱（Synopsis）[1]中看到的。只要他們看到故事要呈現的「問題」所在，而且覺得整件事聽起來夠真實、夠有趣，他們就不會想再繼續看其他作品了。

因此，要讓「問題」（也就是故事的基本想法）可行，需要具備哪些條件呢？

「問題」必須遵循以下七大基本要素，而每項要素的英文字首組合在一起，就是「PROBLEM」（問題）一詞。

◎一、受虐度（Punishing）

這個問題不僅得用整部故事來解決，而且主角幾乎是每一個場景都在想辦法，但就是做不到。問題太惱人又很複雜，越想處理，事情就變得越麻煩。但若非如此，也就不需用整部故事來解決。在主角解決麻煩的過程中，無時無刻不被解決方法所困擾。

◎二、相關性（Relatable）

故事的主角——和他們處理之事及其重要性——要容易從人的層面取得認同感。如此一來，身為觀眾的我們才會在意故事人物是否能獲得想要的結果，使觀眾有想要繼續看下去的欲望。我們甚至會把自己帶入故事主角的心情中，覺得他們的問題就是我們的問題。我們因為他們的行為而持續關注。哪怕過程中有許多荊棘，他們依然堅持不懈，努力解決眼前困境。若非如此，觀眾就會覺得事情發展不如預期，難以接受，最後也就興趣缺缺。

◎三、原創性（Original）

即便故事的敘事方式與風格均屬佳作，但故事本身還必須具有某些新穎之處，而且重點在於此一想法必須有獨特的火花，也最好是作者的聲音。

◎四、可信度（Believable）

就算故事內容有點讓人難以置信，故事的基本想法是否易聽、易讀、易於理解與融入才是最重要的。換句話說，要讓一切有真實感，故事人物的一舉一動彷彿是受到人性渴望、需求與行為模式所驅使。故事鋪陳讓人覺得一切彷彿是水到渠成，是合理的，而且不會讓人想問「為什麼」或感到懷疑、困惑。

◎五、生命轉折（Life-Altering）

故事人物處理核心挑戰的「使命任務」是觀眾最關心的。在故事人物的外在生活環境中，某些事情打從根本就處於風險之中。如果問題沒有解決，生活會越來越糟；如果問題得以解決，事情就會大有改善，一切都會恢復正常。雖然面對挑戰的過程也會改變他們的內心世界，而且具有一定的重要性，但他們的「外在得失」是作者必須優先考慮的。

◎六、娛樂性（Entertaining）

根據故事類型，觀賞或閱讀故事人物解決問題的過程必須是有趣的。無論是喜劇、動作類還是懸疑類，故事題材都需要創造出觀眾內心渴望經歷的情緒，那是他們參與這個項目所期待得到的。這會讓觀眾有得到糖果的感覺——得到某種他們想要擁有更多的東西，某種他們真正享受、願意花錢、花時間去做的事情。

◎七、意義性（Meaningful）

觀眾離席時，會覺得人生中多了一點價值——探索了某件有價值的事情，其所得遠超出觀賞或閱讀所花費的時間。對觀眾而言，這些遠比表面上看來更有價值、更有意義。

這七項要素聽起來很簡單，甚至覺得理所當然，對吧？如果你的想法能滿足這七項要素，你的作品就能引起經理人、經紀人、編輯或製作人的興趣。

但仔細想想，事情好像也沒那麼容易，似乎很難一次全部做到。如果你對這件事有些不知所措，那你就知道這工程有多麼浩大了。

能成功的作者不多，並非沒有原因，這也是為什麼成功的作者能得到豐厚報酬。要在一份劇本或想法中成功做到所有要素並不容易。

當我們在看自己喜歡的故事時，會覺得它似乎毫不費力就融入了成功要素，甚至令人難以察覺。在消化好故事時，讀者會覺得這些要素似乎是非常基本的存在，是不言而喻的事情，但不代表做起來輕而易舉。事實上，作者需要很努力才能創造出看似毫不費力的表象，而且很難光憑本能行事就達到目的。

你的概念有多「高」？

在好萊塢，故事梗概通常會用一、兩句話精簡描述劇中所需處理的問題，是傳達電影或劇集背後想法的標準工具。一段好的故事梗概通常會清楚符合本書所提出的標準，內容呈現極具難度的挑戰，人物處境會引起觀眾共鳴，同時還兼具觀賞的娛樂性，例如：

一名圓滑的德國商人在二次大戰期間獲利可觀，但他難以接受看到發生在猶太人身上的事情，於是開始僱用猶太人，盡一切可能讓他們逃離與他關係友好的納粹軍官魔掌。

——《辛德勒的名單》（*Schindler's List*）

一名剛離開校園不久的天真大學畢業生，與其父母的已婚友人譜出一段祕密戀情，卻又愛上了情人之女。

——《畢業生》（*The Graduate*）

處於人生低潮的伴娘，覺得自己好像不如另一個更富有、更漂亮且自信的已婚伴娘，閨蜜彷彿快離她而去，於是她決定打敗對方，證明自己才是最佳伴娘。

——《伴娘我最大》（*Bridesmaids*）

我所謂的「故事想法」，就是一種最簡短、最容易讓人了解故事內容的方式——這也是多數賣座想法中的常見特色。

成功的故事梗概通常都有「高概念」的要素。所謂「高概念」，意指某種誇張的情境，不見得是荒謬，而是某種極端、無預期、不太可能會發生的事情，而且帶著明顯的娛樂價值、能吸引廣泛群眾關注。通常會是「假如」類的問題，例如「假如有一座充滿失控恐龍的主題樂園呢？」或者「假如有一個青少年通過時光旅行回到過去，影響了他父母在年輕時的相遇，因此他必須想辦法讓他們在一起，然後再想辦法回到未來呢？」

但某些非虛構類的故事梗概只要夠清楚、夠吸引人，便能讓潛在觀眾看到的當下就會在心中產生有趣的畫面，也能算是「高概念」。「假如有一個四十歲的處男，他身邊有一個對性愛成癮的男同事拚命製造機會幫他破處呢？」想想這部電影的原始海報。光想到史提夫．卡爾（Steve Carell）和電影標題《四十處男》（*The 40-Year-Old Virgin*），就足以讓人看到喜感和挑戰，再搭配上述故事梗概，似乎可以預期故事充滿了可能性，也不禁讓人心想：為什麼之前都沒人想過這一點呢？

在具有高概念要素且能引人入勝的故事梗概中，必須要有清楚的想法，並且說明為何能吸引人。至此，就已經具備讓觀眾勾勒出故事面貌的條件。觀眾無需提出一堆問題，立刻就能「懂」。

出色的故事梗概

對作者而言，構思故事梗概通常很傷腦筋。不是沒辦法用一、兩句話來包含所有元素，而是因為故事本身就缺乏基本元素。

如果想法缺乏上述七大「問題」的部分或所有要素時，通常在故事梗概中就可以看出端倪。因此，故事梗概往往是專業人士在看劇本時決定是否要繼續讀下去的有效工具。這也是故事梗概之所以存在的主要原因——讓買家不用多看，只要一段故事梗概就能決定買單與否。買家有百分之九十九的機率是從故事梗概來決定是否要繼續看下去。

因此，作者的挑戰不在於寫出梗概，而是想出一個能在梗概中包含七大「問題」要素的想法。如果能想出來，要在一、兩句話中描述清楚就不是什麼難事了。

話雖如此，在構思的過程中還是有規則可循。我們的目標是要讓讀者可以在腦海中勾勒出電影（或影集、舞臺劇、小說）畫面，而不是要隱藏關鍵訊息、故弄玄虛，因此要能清楚點出故事的主要挑戰及其難度和重要性。

電影製作人或執行人在看梗概時，他們希望能透過文字想像出海報、預告片、觀眾群及影片類型。他們想知道眼前這個想法會如何融入特定的電影類型來滿足觀眾期待，以及該想法的特殊性會如何產生引人入勝的變化。

因此，一段好的梗概通常包含三大基本要素：

1. 迅速知道主角是誰，讓觀眾從某方面找到相關性。
2. 開啟故事的「觸發事件」——即改變一切的事件，讓主角不得不採取行動。
3. 所需面對的挑戰本質、要解決的任務及其困難度與重要性。

僅此而已。

以下是兩個簡單的例子：

（1）在北極圈有一個天眞快樂的精靈，長大後（2）發現自己是人類，決定啓程（3）去尋找父親。於是他來到紐約，一個與他的童眞似乎格格不入的地方……

——《精靈總動員》（*Elf*）

當（2）黑手黨老大被射殺身亡後，（1）他的小兒子——一名本不應捲入家庭事業的軍官，決定（3）接管一切，解決潛藏身邊的黑手黨家族叛徒。

——《教父》（*The Godfather*）

其中（3）通常是最容易被忽略的，但也是最重要的關鍵訊息。能賣座的商業想法，就是要讓主角用整段故事的長度，完成某件高度困難、幾乎難以達成的「任務」——哪怕這任務只是要擺脫困境。觀眾會因此融入角色與任務，在觀賞過程中得到樂趣。

或許主角也經歷了一段「內心旅程」，有成長與改變的故事弧線，但這不是作者要與觀眾優先交流的訊息——這是次要的。梗概通常不會把重點擺在這裡，主角必須學到什麼也不是關注焦點。梗概是把主角想要的事物及阻礙列出

——包括外在生活環境與人際關係。最理想的情況是要讓觀眾心想：「這挑戰太難了，看起來應該會很有趣！」

○○○

註1　常見的劇本大綱大致有四種形式：（1）logine，即故事梗概、故事簡介，以簡單一、兩句話說明故事核心問題；（2）synopsis，即劇情大綱、劇情概要，以一百五十至三百字左右介紹故事的背景、主角及所面對的困境等；（3）outline，在前述基礎上，以三至八頁的內容描繪出故事的輪廓，主要與主角相關，通常不涉及支線；（4）treatment，為長版大綱，以長於前述三類的篇幅展現全劇風貌，包括敘事風格、藝術手法、支線劇情等。

第二章

受虐度

Punishing

好故事正如一場高潮迭起的運動競賽，

最引人入勝之處就是要「虐」觀眾所支持的隊伍。

不夠虐，是故事最常見的失敗因素。

觀眾基本上都有施虐傾向。

觀眾喜歡看別人經歷改變生活的可怕考驗，故事人物經歷的情況越糟，觀眾就越投入；故事人物主動追求的，通常就是那一絲絲的成功希望。無論是在恐怖片、喜劇片或如《漢米爾頓》（*Hamilton*）的真實故事中，我們都想看到別人被虐，享受看到主角們被逼到極限、甚至超越極限的表現。我們似乎喜歡看到主角在經歷沮喪、擊潰、絕望、羞辱之後卻仍保有熱情，依然發狂似的拚命達成目標。

為什麼呢？我認為在某些基本面上，觀眾之所以融入故事，是因為主角努力突破困境、激勵人心的過程值得學習。故事主角所面對的問題通常會比現實生活中的情境還誇張——這也是讓觀眾覺得興致盎然的部分原因。但在情感深處，我們與主角試圖扭轉現況的情緒緊密相扣，期待他們能夠擺脫困境。在成功的那一刻，我們會覺得**自己**跟他們一起做到了。

但是，成功往往要到最後才出現（如果能成功的話）。過程中或許會閃過一絲振奮人心的希望，但都是曇花一現，隨之而來的是更糟糕的情形（或至少會讓人感覺情況依然很糟）。這種情形會從故事的核心問題第一次出現開始，一直持續到最後的高潮之戰——正是編劇筆下三幕劇結構中的第三幕。困難才是重點：要惡化、複雜、難以解決。

傳奇性的百老匯作者／製作人／表演者喬治．科漢（George M. Cohan）曾說過：「在第一幕，你要讓主角處於困境。在第二幕，你要朝他們丟石頭。在第三幕，你要讓他們挫敗。」何謂困境？何謂石頭？這才是關鍵。你甚至可以說：「故事＝主角＋困境＋石頭。」

這正是所有經紀人、製作人或執行人在閱讀梗概、故事大綱或劇本時在尋找的重點：「為什麼我要對這個角色投入情感？他們要解決的問題是什麼？這個困境有多大、多重要，多到足以讓我有所感觸？過程中是否有足夠的石頭讓劇情一路上升到高潮？」

我們畢竟希望觀眾在融入劇情的同時，也能享受這一切的過程。而要融入劇情，觀眾得先看到相關人物的掙扎，還有在水深火熱時的臨場反應——主角正面對毫無勝算的巨大挑戰，但贏得勝利卻又對周遭世界至關重要。無論是在生死關頭的場景，或是在喜劇裡的日常瑣事，反敗為勝都是讓觀眾融入的要素之一。

在二〇一三年，有一位專為各大影視公司閱讀劇本的匿名職業讀者，用一張訊息圖表呈現了三百份（他收費評估的）電影劇本中常見的問題（其中只有八份得到「推薦」）。這些劇本大多是由經紀人提交，意味著作者已經克服了第一道許多人都難以跨越的障礙：找到專業代理人。即便如此，這些作品中最常見的問題就是「不夠虐」。

該職業讀者所提出的劇本十大常見問題中，我舉其中三點為例，簡單說明一下：

◎一、「此劇本中的故事開始太遲。」

換句話說，就是問題不夠麻煩，採取行動的時機也比預期的慢。我常看到劇本在第三幕才出現重大挑戰、進入高潮，但在那之前似乎都沒有發生什麼夠大、夠困難、夠虐的事情能讓主角疲於奔命。

◎二、「場次中缺乏有意義的衝突。」

在場次層面，沒有足夠的難度與衝突來提升故事問題的狀態。這是場次中應該要發生的事情。如果沒有，很有可能是概念上出現了大問題，因為好的故事會提供無盡的困難場景，好讓事情越變越糟，直到最後。

◎三、「衝突是不合理、瞬間即逝的。」

另一種常見的狀況是故事問題不夠大，不足以持續整個劇本的長度，或是解決問題所需承受的風險太低。

所以，即便是職業人士提交的劇本，最常出現的兩大問題也是缺乏「衝突」或問題點（否則就只是「敘述」了），往往沒有一個足夠大的問題來支撐整部電影。

在我讀過的數百部劇本中，「不夠虐」是最常見的弱點，其發生機率甚至不亞於劇本中待解決的問題不夠大或不夠難，也就是主角所面對的問題還「不夠麻煩」。

如果仔細觀察，你就會發現，即便是喜劇中的人物，通常也會經歷某些困境與掙扎。無論一路上有多少好事發生，他們還是有某些問題要面對，這才是故事的敘事重點。

創造故事的「難度」

成功的故事，通常是圍繞著一開始就出現且通常都要到最後才能解決的大問題。主角會使出渾身解數解決困難。他們不會坐等問題自然消失，而會主動參與——這正是觀眾想要看的：參與。

如果主角主動努力解決問題，並在每一幕都達成目標，那麼，這個不到最後應該無法解決的問題究竟說明了什麼？

就是困難度。

許多故事之所以被困住，就是因為問題沒有**困難**到足以支撐整個故事，也沒有足夠的鋪陳、進展和變化。主角並沒有採取行動來改變情況，卻得面對增加衝突及持續混亂的後果。

而一個可行的故事想法是要有持續發展的問題作為核心——一個棘手且無法解決的問題。一個越解決越麻煩的問題，但隨著故事發展也變得越來越重要。

一個好的原創故事，其想法梗概能迅速說明故事發展：主角如何面對看似不可能的挑戰，並且在問題解決之前，可能會錯誤百出。

一場意外打斷了阿波羅十三號登陸月球之路，地勤中心必須在有限資源與選擇下，想辦法讓太空人平安回到地球。

在拉斯維加斯一夜狂歡宿醉後，三名伴郎發現新郎不見了。毫無頭緒的三人，得想辦法回推昨夜發生的一切，找到新郎準時參加婚禮。

——《醉後大丈夫》（*The Hangover*）

這是兩段南轅北轍的電影類型，但兩者都立刻顯示出挑戰的難度。相信看過這兩部電影的人，都會記得主角們為了達成目標被虐的經過。

即便是在喜劇中，主角所需解決的問題，依然要看似巨大且超出能力範圍。他們對眼前的問題無能為力，而且前方困難重重，幾乎是在做一件不可能完成的任務——但可想而知，看他們的努力過程會很有趣。

同理也適用於成功的電視劇。主角們無時無刻不被各種麻煩包圍，他們想要達成的目標超出能力範圍，但依然努力不懈。不同之處在於電影（書本、戲劇）角色通常能在故事結尾達成目標（除非是悲劇），而電視劇只能解決暫時危機，但始終無法得到真正想要的東西——無論是在《矽谷群瞎傳》（*Silicon Valley*）中一間成功公司的所有權，或是在《權力遊戲》（*Game of Thrones*）中對虛構領土的控制權。每一集都有失敗的新方法（在本章末【戲說電視劇】中會進一步討論）。

所以，當我們在尋找故事（或劇集）的想法時，真正要尋找的是「問題」——能讓主角屢戰屢敗的問題。這比其他任何事情都重要。

我個人被這一點困住許多年。剛開始嘗試編劇時，常有人說我的劇本需要「更多衝突」。我以為衝突意味著打架，可是我喜歡的電影都沒有充斥打架與爭執的畫面。後來我意識到，所謂的「衝突」意味著人們想要某件不可得的東西，象徵要處理人生中的重大挑戰及難以達成的目標。沒錯，這通常就會導致人際關係問題，角色人物會試圖要求對方完成自己的要求，但看起來也不見得是意見相左的雙方試圖打敗對方。

他們所做的事情看起來都很困難。在最強大的故事裡，困難是一種不斷發生的常態，會持續增長與發展。當困難消失（或看似解決）的那一刻，緊繃也會隨之停止，而觀眾的關注也一樣。

在我看來，讓觀眾融入是首要目標，也是每一位作者的挑戰。「為什麼我要關心這件事？」是我在每一部作品中最在意的事情——因為這是最重要也最難達成的目標。「對你作品無感」的讀者通常不會當面表現出來（感謝老天），但遺憾的是，這是他們最常有的感受，也會導致他們放棄一部作品。

大家不都是如此嗎？都想要看令人「有感」的故事，如若不然，就轉身離開。

因此，是什麼讓我們有感覺？是看到相關的某人在對抗一個大問題，然後在情感上有一定程度的投入，希望他們達成某個結果。而投入的程度之深，感覺彷彿是發生在自己身上——但問題看似永遠無解。

好故事正如一場精彩賽事

這些年來，我一直是各種不同運動球隊的粉絲，而且我喜歡看大型比賽，看我所支持的球隊面對各種威脅。有一瞬間，我突然意識到，這種娛樂性的觀賽體驗跟閱讀一篇好故事的道理是一樣的。

如果一場運動比賽想要吸引觀眾，讓人緊盯電視螢幕，就必須呈現特定條件：高風險、引人入勝的背景故事、情感共鳴、可敬可怕的對手、各種高潮起伏，而且最後要來一場逆轉勝。對於我支持的隊伍而言，這是一場從頭到尾都艱辛無比的戰鬥，甚至到最後看起來都毫無勝算。

上述用於形容比賽的狀態不也適用於形容一部好電影、書籍、戲劇或電視劇嗎？

有一次，我連續看了幾部劇本之後，第一次有這種感觸。在那些故事中，英雄似乎贏得太容易，甚或他們在第二幕就取得優勢，而且明顯比對手強大。

在思考為什麼這種內容很難讓人繼續讀下去時，我想起了一場比賽：我喜歡的NBA球隊（當然是湖人隊）一直維持二十分領先優勢，而其對手始終落後。

正因如此，我覺得不用一直看下去了。

仔細思考一番後，我列出了我們會想在一場「精彩比賽中」看到的七種特質，而我想這些特質也適用於闡釋何謂「好故事」。

◎特質一：這場比賽的難度很大——主角面對難纏的對手，而且看似實力懸殊

不看好主角會贏，也不認為他們能贏。看到某人以小勝大、當個打敗歌利亞（Goliath）的大衛（David），會比看某個一開始就很強壯、有能力的故事人物走出去把人修理一頓來得讓人興奮。每個超級英雄都需要有能與之抗衡、甚至能力在其之上的超級對手，一路把主角打趴到最後。無論是哪種文本類型，站在主角目標對立面的力量似乎永遠占上風（換句話說，困境就是要「被虐」一）。

◎特質二：選手背後有個吸引人的故事，包含某種逆境與積極向上的特質，讓我們想認識他

這就是為什麼奧運轉播時都會在賽前介紹運動員的成長背景——幫助我們從人的角度來關心這件事。實境秀通常也是如此。一場精彩的比賽通常會因為有某些相關的、富於情感的人性因素，賦予正在發生的事情更多意義。而在一個好的故事裡，我們需要相同因素存在——與主角建立連結的強烈原因。

◎特質三：比賽的風險已經不能再高——是一輩子只有一次的機會，結果將會改變整個團隊的傳奇或運動員的未來

專業讀者一直在尋找的就是「風險」。是否有某件足夠大的事情處於危機之中，需要觀眾關注？所謂的偉大故事，通常會涉及從此改變某人一生最重要的轉折點。如果能解決故事中的問題，人生將會變得更美好；反之，若無法解決，人生會變得更糟。因此，主角必須有某件重要的事情處於危機之中，而解決這個問題至關重要。

◎特質四：「主場隊」面臨意料之外的困境與複雜情勢，既無法逃避比

賽，也沒有領先優勢

明星球員受傷，對手（敵手）已經準備好迎頭痛擊，失球、犯錯、對手的好球，似乎優勢都在對手身上。在精彩的比賽（故事）中，我們的球隊（主角）幾乎是處於劣勢，而且情況越來越糟，主角似乎已經毫無勝算可言。

◎特質五：球隊抱著熱情堅持到底，從無數危機中振作起來，持續朝目標邁進

他們有時可能會懷疑自己，但依然努力不懈地面對每次的挑戰。他們會盡力而為，在過程中持續調整，面對各種問題依然努力比賽到底。我們的球隊（主角）會持續努力解決問題——雖然大多是無效嘗試，只會讓事情越變越複雜，增加解決難度。

◎特質六：在比賽快結束前，比數嚴重落後

在接近尾聲時，比賽看起來幾乎是無望，準備要輸了。他們的努力未果。

但此時卻出現了某些新的想法、新的希望、新的計劃。然而，局勢也不是那麼容易扭轉，不是這樣就能輕易扳回一局，痛擊對手。他們依然被對手窮追猛打，緊張氣氛一直延續到最後的高潮時刻。此時是九局下半，滿壘兩出局的局面……

◎特質七：我們的球隊後來居上，出現臨門一腳

最後，他們找到另一種之前不知道的打法，發現自己在某些方面擁有特殊能力。最後像出現奇蹟般，在諸事不順的情況下，他們逆勢崛起，贏得比賽——用最戲劇化的方式。他們用振奮人心的勝利方式化解所有緊張，也讓觀眾覺得此次勝利將為球隊帶來長遠影響（或者有時候，我們支持的球隊輸了，也會帶來某種悲**劇**感）。

至此，我們來複習一下。最精彩的比賽就是要**虐**觀眾所支持的隊伍，因為這與個人有**相關性**。這件事情的**原創性**在於之前從未發生過，哪怕跟過去的比

賽有相似性。當然這是有**可信度**的，因為這是真實發生的事情。比賽風險似乎會**改變人生**，而且觀賞過程格外具有**娛樂性**。對於最忠實的粉絲而言，在內心深處或許別具**意義**。

上述特質是讓觀眾彷彿要融入「競賽」的普世要素，不僅適用於各種文化的運動比賽（以及喜歡看比賽的觀眾），也適用於故事寫作。有時候，這一切會在運動比賽中自然發生，如果不存在這些特質，那場比賽通常會很無聊。故事也一樣，作者必須把這些要素帶入故事當中，而且這些要素不會憑空出現，需要作者採取創意行動。

真人實事改編的訣竅

如果對照現實生活中的事件，其實事情很少會這樣發展。事件的演變方式並不會全然按照我們所定義的「故事」結構發展。事件本身或許已具備部分的「問題」條件，但通常需要作家進行整理、編輯、操作、誇大、增添，以及虛構化，使「歷史」在混亂中散發「故事」光芒。

真實故事經常是題材來源。對作者來說，真實事件較容易發揮，可以站在事實的基礎上，也可以躲在其背後，不需要發揮太多創意。至少看起來是如此。

我在加州大學洛杉磯分校開了一門課，叫「在真實故事中找『故事』」。在十周的課程中，學生不用專注於寫劇本，一個字也不必寫，甚至連列出分場大綱都不用。取而代之的是，在他們想要寫的這段歷史事件中，我們要專注於尋找是否真有可行的電影故事題材——以及要如何將它的概念與基礎結構變成可行的電影題材。

我發現真實事件一開始通常並不具備足夠的故事條件，就內容來說，要找到一個明確的主角面對重要且越處理越糟糕的情形，而且還只能在「最後一戰」才得以解決，這幾乎不可能。「真實生活」通常不是這樣的，因此也不會是故事的展開方式。

學生提出的故事，通常是跟第一個達成某項具有價值或驚人事情的人物有關。一般來說，我會提出兩個主要問題。第一個問題肯定與風險有關：為什麼他們達成這件事情如此重要？如果沒做到會如何？現在的觀眾會非常在意他們是否

能達成目標嗎？如果會，為什麼？（更多討論請見〈第六章．生命轉折〉）

第二個問題是：達成目標的過程有多困難？一般來說，如果學生想寫出成功的故事，唯有主角的挑戰目標難如地獄，才有可能吸引觀眾目光；無論多麼努力，主角彷彿永遠沒有贏的機會，目標不只遙不可及，而且還越離越遠。構成整部電影內容的不是那個重大成就，而是在達成目標過程中所遭受的挫折——再加上能讓觀眾感同身受的高風險度。

《阿波羅十三號》（非常榮幸能因這部片被稱為「漢克斯先生的助理」）就是一部真人真事改編的作品，在這部電影裡包含了所有「問題」要素。劇情發展每況愈下，問題越變越複雜，而受損的太空船在返航地球的過程中，其重要性、困難度和風險度也不斷增加。

《亞果出任務》（*Argo*）是另一個不錯的例子，劇中主角在「最後一役」

中，想辦法要讓大使館員工在不被伊朗人認出的情況下通過德黑蘭機場安檢，並安全登機。但猜猜怎麼著？事實上，他們通過機場安檢之時，並沒有真的經過一番「鬥智鬥勇」。他們的計劃順利進行，登機之路暢行無阻，沒有人質疑他們，甚至不需要跟海關解釋自己是影片攝製人員，機票也沒有被取消，更沒有人緊追在後。

但這樣的電影會呈現怎樣的結局呢？相較於呈現事情的真實發展經過，電影製作人選擇描繪出這群人（及觀眾）最大的恐懼，勾勒在最後逃跑過程中的不確定性及困難度。故事的基本弧線是根據真實歷史事件改編，包括他們最後的逃亡和身分掩護。電影只是讓過程變得比實際情況還困難——至少最後的場景是如此。這種做法或許與歷史有所偏離，卻無法否認這是一部強大的電影故事。

這就是職業作者在處理真實故事時需要做的事情——在處理虛構故事時也

一樣。而且需要做的通常不會只有提高高潮難度。往往在分析歷史材料尋找可能的電影題材時，要找到能支撐整部電影的「一個大問題」真的很難，因為現實生活中的問題不會只有一個，都是混合發展的複雜情況，很難像電影故事那般單一集中。作者需要尋找或製造「故事」——一個精心架構、充滿戲劇化場景的事件——而不是只是把曾經發生過的一切全部呈現出來，就期待能得到回響。

但即便我們找到一個明確的問題或目標，也很難保證真實情況中的主角會持續主動追求目標，而且還一直遇到困難度只增不減的複雜情況。通常現實生活不是這樣發展的。

如果是虛構類的故事，就得想辦法讓觀眾感興趣。但如果是根據真人實事改編，作者傾向會想：既然是真實事件、是歷史中重要的一部分，有部分編劇工作已算完成，而觀眾對該題材有一定程度的興趣，就算故事情節進展曲折緩慢，或者沒有圍繞在能讓主角主動解決的單一問題上，都是可以被理解的。

但我不這麼認為。觀眾不見得會對真實故事有預設期待。我也是失敗多次後才體會到這件事。我曾以某些歷史為題材撰寫職業劇本，在那些經驗中深深體會到，**身為作者該做的事情不是去記載歷史，而是在事件中找到「施力點」**。要在歷史事件中找到我們想說的故事，然後去說故事，多多利用既有的資源。希望作品能符合歷史細節，並忠於原始精神，但依然堪稱是「我們的」創作——是我們以自己的方式創作的。

說任何的故事，無論故事「真實」與否，都需要大量的創造力。一方面來說，對話中的每一句話基本上都是編出來的，因為歷史書籍（即便是真實的歷史口述事件）也無法告訴我們當時逐字逐句的準確對話內容。編劇在寫場景時所需要的資料，包括事件發生當下的一舉一動和衝突過程，基本上都很難找到原封不動的資料。

因此，作者不得不做出選擇，這也代表作者最後的決定可能會與故事原貌及消息來源有一定的偏離。

我最早是在與《捍衛戰警》（*Speed*）和《火線警探》（*Justified*）編劇兼製作人葛瑞漢．尤斯特（Graham Yost）共事時，從他寫《飛向月球》和《諾曼第大空降》的過程中學到這種方法。他一開始會先熟悉打算撰寫的歷史事件，然後把研究放一旁，先決定要說什麼故事。接著他會把想說的故事寫下來，但不會頻頻查找資料。擬出故事草稿後，他才會回頭去調查故事內容與事實之間的差距。通常不會差太遠，也鮮少會為了貼近事實而大幅修改。藉由此方法，他先擁有了強大的故事，然後再進行調整。

相較於我以前常用的傳統做法（過度沉迷在歷史資料中，不斷在寫作過程中做研究，怕自己虛構出什麼內容來），我更推薦這種方式。

無論故事想法是基於真實事件，還是全為杜撰，寫作過程都是大同小異：首先，也是最重要的一點，就是要直接用一件亟待解決的事情挑戰主角，而且要讓他頻頻失敗到最後。

【戲說電視劇】

建構「衝突網」

同樣是故事，在電視劇集與書本、電影、戲劇中（甚至是迷你劇集），封閉式結局仍存在某些本質上的差異。

1. 在電視劇集中，問題會持續不斷發生——無論困擾劇中角色的問題是什麼，都絕對不能徹底被解決，否則就完結篇了。因此，無論是內心或外在，劇中角色的人生都不會在半小時或一小時的節目結束後就出現明顯「改變」。

2. 劇集並不是「一個故事」，而是傳遞著一個又一個無止盡的小故事，每個小故事的長度都是一集的時間。每一集都需要有開場、中場和結尾，也有特定要處理的小問題。該集的問題需要以某些方式解決，因此每半小時或一小時就有自己的完整故事。即便如此，驅動這部劇集的大問題依然尚未解決。

3. 電視是一種集合媒介。大部分的劇集在每一集中都有多重故事線，每位「主角」在每周都有不同的問題要解決或有不同的重點目標。這意味著在一部劇集中，不同的角色間都要呈現出足夠的相關性——也就是他們的身分和所需面對的問題——讓觀眾願意關心、想要繼續看下去（相較之下，電影是單一主角，而觀眾是以自己的角度看事情）。

在劇集中，我們要的是一個巨大且全面性的問題，一種會影響到所有角色且很難徹底解決的情況——或許得等到最後一季的最後一集。

在電視媒介中的挑戰，並不在於認同單一主角的單一問題，以及賦予某種角色弧（character arc）[1]。相反的，電視劇是要找一群息息相關的人物，他們不斷面對能引起觀眾共鳴的問題與衝突，而且這些問題只能有限度的被解決——但解決程度仍不足以大幅改變他們的人生，主要問題也不會從此消失。

在電影中，決定「虐」（也就是故事人物所要經歷的「地獄」）的本質是關鍵前提；而在電視劇中，角色通常是被故事裡的周遭人物——以及在解決問題和達成目標中的人際互動關係——所「虐」。

《摩登家庭》（*Modern Family*）的共同製作人兼節目統籌史蒂芬・勒維坦（Steve Levitan）曾提出他發展劇集想法的技巧：把焦點擺在人物上。他當時是針對喜劇做分享，但我認為他的做法也適用於其他劇本寫作。

他推薦我們在想做的節目中任選兩個角色，徹底思考他們的基本生活模式。他們是誰？有什麼人格特徵？所面對的問題本質？在社會上的地位？

他以《歡樂酒店》（*Cheers*）為例，劇中描述一個落魄球員經營酒吧，他很迷人，但也膚淺，是一個喜歡在女人堆中廝混、沒有人生追求的男人。這部劇的創作者接著加入一個高學歷、優雅的年輕女子，她有點看不起這群人，但當時她也剛被傲慢的未婚夫拋棄，困在酒吧裡當服務生。

每個角色都有自己的獨特處，而且容易讓讀者發揮想像力，聽起來光是這群人彼此的互動就足以吸引人觀賞。

接著，關鍵出現了。勒維坦表示，要在兩個角色之間畫出界線，這條線代表著兩人之間的動態範圍，是表演的發展空間。換句話說，兩個角色之間（以及與其他角色）的衝突是整部劇集的主要故事引擎，是整個概念的中心（除非這是「辦案劇」，例如處理謀殺案之類的；不過即便如此，這類劇集對角色的操作方式也很類似）。

所以，我們要看的是這兩個特定角色在互動之間會發生什麼事。他們的互動到底有何有趣之處？如何為單方或雙方帶來問題？這會如何戳到他們的基本問題和在心理上、生活上的某些大洞呢？

要做到這一點真的得下功夫，可能還需要一番腦力激盪。勒維坦建議，在你想出真的牢靠、能「擦出火花」的想法之前，千萬別停。我們想看到兩個角色之間能產生相關性、有情感效果的動態發展，透過兩人的互動能帶來火花，而場景和故事便能由此而生。

一旦這組人的互動方式確定之後，接著選擇另一組人物進行相同的做法。完成上述工作之後，每個角色跟其他角色之間應該都有鮮明的互動方式，然後把這些加在一起，感覺就會像一場「秀」，具有一個接一個的喜劇效果或高戲劇性的潛力。

這就是他們在《摩登家庭》中的做法，這部劇當年堪稱是最成功的喜劇劇集。

想想看，這得投入多少心血！《摩登家庭》一開始只有十個常規角色。當然，某些人物不會經常和特定其他人物有所互動，但創作者花時間想出了一種有趣且能吸引人的動態範圍，讓每個角色都能和其他所有角色互動。

故事是從一家之主（傑）和比他年輕又美麗的妻子（歌羅莉亞）開始。歌羅莉亞與前夫有一子（曼尼），而曼尼跟母親和繼父之間有一種非常特別且有趣的關係。如果你把曼尼和他美麗（年紀較大）的繼外甥女擺在一起，你會發現另一件有趣的事情：曼尼對她產生了不該有的愛戀。如果你把一家之主和他的女婿菲爾放在一起，又是另一種不同的互動：一個男人努力取悅一個永遠看他不順眼的人。把菲爾跟一家之主的年輕妻子放在一起，你會繃緊神經。把那名美麗妻子跟菲爾的太太放在一起，你會看到棘手的競爭衝突，而女兒無法接受父親的新太太，她想要的就是這個家庭能愛她之類的。

最後，這張具有娛樂性的衝突網就是一部高品質劇集想法的基礎。對我來說，在開始動筆寫試播集（或對任何人描述想法）時，先把故事想法發展到一個穩固階段，時間跟精力才算是用在對的地方。

○○○

註1 以曲線圖的方式來分析角色在故事發展過程中的轉變，以及其所經歷的內在旅程。比較故事的開頭和結尾，會發現曾經困擾該角色的問題獲得解決、夢想終於實現、從絕望到充滿希望、由弱轉強等，而由這些種種蛻變所形成的弧線就稱作角色弧。亦可用於分析情節走向、成長軌跡等，稱作故事弧、成長弧。

「受虐度」檢查表

如果你的想法能滿足以下五點，那就應該夠「虐」了：

1. 這是一個需要用整部故事來解決的大問題（在電視劇中，這問題永遠無法解決）。
2. 我的主角（們）想要的似乎非常難以達成，但也並非絕無可能。
3. 問題的難度會讓我的主角（們）在持續主動解決問題的過程中不斷挑戰個人極限。
4. 這些行為會帶來無預期的後果、複雜的問題與衝突，需要做更多事情來解決。
5. 這個問題會在故事中（或劇中）爆炸，一切看似徹底失控。唯有在最後來一場大戰，拚盡全力才能解決。

第三章

相關性

Relatable

故事不是現實生活，觀眾與角色之間的關係是特殊且脆弱的，
如果角色不能在觀眾心中建立情感連結，觀眾可能會心想：
「我爲什麼要在這裡和這種人耗上兩小時？」

我們想看到主角被虐，但我們也想找到一種說故事的方式，能讓觀眾對角色產生認同，如此才會真正關心劇情發展。

基本上，就是努力讓陌生人對素昧平生的人物有強烈感覺。理想狀態下，在這兩小時之中，這些陌生人會把該角色面對的問題變得像自己的問題一樣重要。用這種方式來說故事，便能對觀眾強調做這件事情的難度。但你必須要知道的是，觀眾的感同身受並不是自然而然發生的。

要實現這一點須注意兩件事情：

1. 把角色人物設定成觀眾可以找到相關性、同情、著迷或想看他成功的對象。一部分是關於角色的身分，一部分是關於他們所面對的問題。他們被別人或事件擊垮的次數越多（尤其是不應該會如此的時候），就越容易讓人有感覺。

2. 從角色的觀點來說故事，如此觀眾才能真正理解和共享人物的觀點、情緒、努力方向，以及這一切為什麼如此重要。

許多劇本都不具備上述之一或全部的條件，而且「主角問題」或「觀點問題」往往是讓觀眾難以真正對故事產生相關性的原因。

「主角」的任務

「相關性」是形容好故事想要達成的目標：讓觀眾與主角合而為一，一起感受事情的發展，彷彿是發生在自己身上。在各種電影類型中，無論是《麻雀變鳳凰》（*Pretty Woman*）、《大白鯊》（*Jaws*）或《哈姆雷特》（*Hamlet*），成功的故事都會讓觀眾感受到主角的心情，想跟著看下去，還想得到主角想要的結果。這就是所謂的「情感投入」，也就是「真正融入其中，想看看會發生什麼事」。當然，這是每位作者的目標。

想做到讓觀眾情感投入就得先知道，無論是什麼樣的故事，主角只有一個——觀眾會關注他的觀點，想跟著他學習，跟著他感受（但是你可能會在某些電影、書籍、戲劇，甚至是大多數的劇集中，看到多重的故事線、多重的主角群）。主角代表觀眾對故事的看法，也是觀眾最想建立關係、想認識、想支持的對象。

這意味著主角幾乎會出現在每一幕中，而其他人物大多時候都是繞著他們轉——除了像《終極警探》（*Die Hard*）短暫出現以反派角色為主。故事基本上就是主角對某件事的經歷——全部都是他們的問題和目標，以及他們在面對問題時做了什麼。其他其實都不重要。

主角通常一點都不神祕。他們試圖從別人身上學到的事情或許不會直接表現出來，但無時無刻驅動著他們的力量則必須明確——他們在想什麼、他們有何感受。當這些事情不明朗，觀眾可能就會失去情感連結。如果觀眾不知道自己是在跟著誰起伏，或是不明白原因何在，很快就會感到困惑、疏離。

主角最好也不要太被動。對自己至關重要的事情，他們會主動參與。雖然過程中會遇到困難，但他們會堅持努力不懈。如果主角選擇放棄，或是放任事情發展，卻不採取有效行動做出改變，觀眾就很難投入，觀賞的樂趣也會大幅降低。這故事就不再是他們的故事了。

觀眾之所以投入，是因為要追求在解決問題過程中的掙扎和臨場反應，而不是取決於「表演」的主角。而且，如果一個問題大到足以用故事來呈現，主角在問題沒有解決之前是不會放棄的。

其他的角色也會受到影響、產生興趣且牽涉其中，但我們都是透過主角的觀點來看的——也就是說，其他角色會如何影響主角的想法，以及試圖在做的事情。我們是**透過**主角的眼睛在**觀察**他們（配角）。

如果是以「客觀」的方式講故事，也就是當讀者以客觀方式「看」所有角色，而不是專注在特定人物的追求、感受及努力達成的目標時，讀者會覺得自己是個局外人，很難融入。這也是為什麼他們會不再往下讀、放棄該項目的主要原因。

從主觀角度切入

我的第一部職業劇本是HBO的迷你劇集《飛向月球》，這個千載難逢的機會是來自湯姆·漢克斯和HBO，但也完全超出了我的能力範圍。長期以來，我寫的都是情境喜劇類的待售劇本，對於改編真實歷史事件完全不知該從何著手。

但我自認對「故事」還是有足夠的了解，就是在某事件中要有明確的主角與問題，而且似乎還得對某些事情添加戲劇張力。

一開始，我選擇的是第一位進入太空的美國太空人艾倫．雪帕德（Alan Shepard）的相關事件，描述他因為內耳疾病導致光環不再，使他不得不退居幕後「指揮」其他太空人，但他再也無法自己飛行，對此非常不開心。不過，最後他治癒疾病，再度飛行，執行了阿波羅十四號的任務，成功登陸月球。

聽起來是個很清楚的「故事」，對吧？

沒錯，但當我開始寫劇本草稿時，幾乎是埋首研究歷史，覺得有責任要準確呈現此任務的重要事件，而當我把劇本交給團隊中另一位更有經驗的職業作者看時，他卻顯然一點都不在意這段故事。他沒丟掉已經算很給面子了。當時他說，他覺得這個故事需要一個更清楚的觀點。

他指出，不單主角必須要在事件中心——已經在了，更重要的是觀眾需要一起經歷主角的想法、感受，並且打從內心跟他一樣想要更多，而我所描述的

每一件事都必須與此相關，不是乾巴巴的還原歷史，告訴讀者導致主角與任務陷入困境的原因為何，這種沒有刺激性的內容，充其量只能吸引太空迷而已。

這一連串事件（跟所有成功的故事一樣）必須要變成數百萬觀眾的心情旅程，從跟主角合而為一開始，然後持續關注。只讓觀眾對主角的處境和他所要執行的任務感興趣是不夠的。真正的目標是要讓觀眾**在意**——跟這個人產生連結，強烈希望他能達成故事中的主要目標。

經過多次嘗試後，我盡可能從艾倫的主觀情緒出發，在每一幕都將重點擺在他的「一個大問題」與進展——確保有在持續發展，而每一幕也都有艾倫的積極參與。最後，劇本終於被接受了，而我也得以再繼續多寫幾集。老實說，我真是鬆了好大一口氣。

掌握相關性的核心要訣

一個好的故事想法能打動每一個人，因為它所探索的是某些人類的根本欲望或困境。

布萊克．史奈德（Blake Snyder）的《先讓英雄救貓咪》（*Save the Cat!*）劇本寫作書中，提出了幫助作者在構思想法時可以派上用場的十種「套路」——而且要確保想法一定要符合其中一種。他主張成功的電影不外乎是十種故事套路，而且還用了一些有趣的分類名稱，例如「小人物遇上大麻煩」、「傻人有傻福」等。

在發展故事想法時，無論是我自己的或其他同事的想法，我都喜歡使用這些套路。每一種都可以寫出與生活息息相關的不同挑戰，並且融入生而為人的基本共識。對觀眾而言，他們要不有類似經歷，要不就是能輕易想像出情況有多困難——甚至可能有過類似的夢想或夢魘。

有故事，不代表一定要燒腦、有趣（雖然可以當成是附加價值），而是要能**衝擊情緒**，這是關鍵的差別。我們的目標是要讓觀眾**感受**到某件事，而不是去思考。觀眾花錢消費體驗故事，是因為他們想要跟著走上一條情緒之旅，一條真正能跟主角綁在一起、一同感受困境的道路。

有時候作者會困在某些（對他們而言）燒腦而有趣的細節裡，例如自己創造的科幻世界，或是戰役中的軍隊經歷，或是在真實故事中混合了現實生活事件。

但觀眾需要的不是完整事實與鉅細靡遺的細節。故事的核心不僅得讓觀眾容易理解掌握，也要能有所感受。大部分成功的項目都脫離不了與最基本、普世、情感相關的內容，例如善與惡，或需要立刻阻止的威脅，以及千載難逢、將永遠改寫主角人生的挑戰。

讓觀眾揪心的八大困境

在一個成功的故事中，能引起觀眾共鳴的主角，通常都是在處理以下八種問題之一的情形：

1. 某人或某事正置我（們）於死地。
2. 我知道某人或某事正試圖毀掉我的生活。
3. 有一個千載難逢卻極具挑戰的機會，能讓我搖身一變成為大人物，這將永遠改變我的自我感覺。

4. 我必須將某人從可能會很糟糕的命運中解救出來。
5. 我必須得到一個遙不可及、改變人生的「獎項」，而且這幾乎是不可能的任務。
6. 我必須打敗傷害（或威脅）無辜者的超級「大壞蛋」。
7. 我必須逃離一種讓人無法自在快樂生活的糟糕處境。
8. 我必須贏得理想的生活伴侶，擁有他，人生才算完美，但這條路上的阻力不小。

上述情況乍看之下會覺得內容有限，也許你會想肯定還有這八種主題以外的好故事，對吧？我不確定。根據分析過喜歡的書籍、電影、話劇或電視劇集後，我發現這些看似普遍的挑戰似乎一直都是事件核心。

讓主角討喜

如果我們喜歡主角——把主角當成「好人」——應該會比較好吧。不過許多作者並不認同這種說法。他們會在成功的故事中引入較黑暗、較不討喜的角色，以此說明為何主角討喜與否並非一成不變的「規則」，而且這類黑暗角色通常會更有趣。接下來就來談談討喜度吧。

有時候我們不見得喜歡傳統形式上的主角，但還是看得很開心：劇中主角面對的風險很高，而且一直不停被虐，虐到足以讓我們願意放下一些不喜歡。但主角越不討喜，需要布置的因素就越多。

以《疤面煞星》（*Scarface*）為例，電影中不停出現生死交關的風險。雖然主角在一開始就發跡（這會讓觀眾難以投入，因為我們都喜歡為失敗者加油打氣），但其他人卻更有勢力，威脅著他的生命。就在他接觸到困難且危險的目標時（那是我們都想看的事情），他的生活開始走下坡。從本質上來說，也許我們不喜歡他，卻深深被發生的事情所吸引，想知道接下來會發生何事，因為風險本身非常明確，並且容易在觀眾心中建立情感連結，再加上這類電影的動作與懸疑表現更是大大娛樂了觀眾。

或者以電視劇《怪醫豪斯》（*House M.D.*）為例，這名稱看起來就非常不討喜，卻足以令人玩味。主角每周都如英雄般救死扶傷，因此在某種程度上我們可以原諒他經常與人發生衝突的反社會傾向。雖然我們沒有完全接受他，卻已經足以讓人願意繼續看下去。

想像一下，如果在一部劇中有個像豪斯醫生的角色，但是他沒有救死扶傷，觀賞起來也不具娛樂性，也不吸引人，但個性卻是一樣刻薄。假設此人從事保險業，用同樣的方式待人，但少了一點機智詼諧、出人意料或無法無天的感覺。或者如果《疤面煞星》中的東尼．莫塔納的生命沒有一直受到威脅，方方面面都充滿高度電影挑戰，我們還會那麼在意、想跟著這些人一起走下去嗎？或者我們會想：「為什麼我要跟這種人耗上兩小時呢？」

觀眾（和職業讀者）對故事或故事想法的意識或潛意識反應其實超乎想像。一切都會回到「為什麼我要關心這件事？」的問題之上。我們必須給觀眾一個關心的理由，讓他們對主角投入情感，並且關心主角需要處理的問題。

或許某些特定圈子不喜歡追求主角的「討喜度」，但在許多文本類型中，這還是有其必要性。

說說愛情故事吧。在愛情故事中，觀眾想要看到的結局是兩個人最後能在一起。為了達到目的，觀眾也得先喜歡上兩位主角，以及他們愛的元素，要打從心底認為這兩人是天造地設的一對。如果我們對主角沒有如此強烈的情感連結，又真的會在乎他們的愛情結果嗎？如果我們不認同他們選擇的伴侶，我們又會在意兩人最後是否在一起嗎？

因此，你要如何讓主角討人喜歡呢？觀眾是否會喜歡主角其實很好判斷：看他們如何對待彼此。如果他們是真的為對方好，好到願意放棄自身利益，觀眾往往會在這一瞬間喜歡上他們。如果他們自私自利又不為對方著想，觀眾通常就不會喜歡。

這也是《先讓英雄救貓咪》書名的由來——以半開玩笑的方式讓主角必須在故事一開始的十分鐘先「救貓咪」，觀眾才會想繼續看下去。但主角不能只是做一些簡單的好事。事實上，他們必須為了幫助別人而不得不在某些方面放棄自己想要的事物。如此一來，觀眾就會愛上他們。但當他們反其道而行，只在意自己想要的東西時，我們就會想：「我為什麼要看這個人？我為什麼要在意他們要面對什麼事情？」如果想讓觀眾跟著主角走，自私可能是毒藥。

在現實生活中，我們喜歡上一個人的原因有很多。但故事不是現實生活，觀眾與主角之間的關係是特殊且脆弱的。為了吸引觀眾注意，這個角色必須特別引人同情或具有高度相關性。如果主角不是英雄人物，也沒有面對巨大問題（更不是格外迷人或有趣），那麼，要如何毫不費力地讓他們融入故事就尤為重要了。

在多數成功的商業故事中，即便是面對生死關卡的主角，也經常會被描繪成值得同情且討喜的角色。想想《星際大戰》（*Star Wars*）或《哈利波特》（*Harry Potter*），這兩部影片的主角都在處理最危險的事情，而且有猶如英雄般的地位，無論是觀賞或閱讀都深具娛樂效果——這一切也有助於讓一個較不討喜的角色更容易得到原諒。最重要的是，作者筆下的他們非常討人喜歡。想像一下，如果這些電影的主角是自私混蛋，但也做出英雄般的事蹟，經歷與死神擦身而過的遭遇，大家還會喜歡這些故事嗎？

另外，也想想以下電影的主角：

- 《我是傳奇》（*I Am Legend*）
- 《征服情海》（*Jerry Maguire*）
- 《隨身變》（*The Nutty Professor*）
- 《自由之心》（*12 Years a Slave*）
- 《地心引力》（*Gravity*）
- 《畢業生》（*The Graduate*）
- 《王牌大賤諜》（*Austin Powers: International Man of Mystery*）
- 《靈異第六感》（*The Sixth Sense*）

- 《曼哈頓奇緣》（*Enchanted*）
- 《門當父不對》（*Meet the Parents*）

以上電影雖然分屬各種不同類型，但我認為這些主角都表現出一種讓人喜歡、能引起共鳴的特質（雖然也有缺點）。當你還在猶豫之時，想辦法讓角色更容易得到關注，是值得一試的做法，而且朝這個方向發展通常也錯不了（除非該角色變得無聊或讓人難以置信）。但作者很容易也很常做出相反之事——推出一位缺乏吸引廣大觀眾特質的主角。

如何處理角色弧？

作者有時會故意創造出不太討喜的主角，例如自私又對別人不好，其背後的想法是主角最後會把自己「拋向（弧）」更好的人。畢竟，主角隨著影片內容成長與改變不是理所當然的嗎？

在好的故事中，主角通常（但不是絕對）會有明顯的成長弧。最後，他們會變成另一個更好的自己，並且解決身邊的某些大問題。沒錯，這意味著他們一開始必須以「不完美的自己」出現在電影裡。

但如果「不完美版本」的主角是一個傷害他人的自私混蛋，讀者可能不會想融入這個故事。

可是也有極少數電影是例外，成功以「混蛋」作為開場主角。在這種情況下，通常重點會擺在使混蛋變好的某些神奇力量。《王牌大騙子》（*Liar Liar*）就是個好例子。作者刻意將主角描繪成對別人都不太好的形象，而整部電影的關鍵就在於一道神奇魔咒的出現，逼得主角不得不說實話、不得不變好。這種情況下，我想你應該可以原諒他一開始的混蛋行為吧。還有《小氣財神》（*A Christmas Carol*），也是一個參考例子。總而言之，這類情況是非常罕見的例外。

但即便是在《王牌大騙子》裡，你應該有注意到金·凱瑞（Jim Carrey）出現時，實際上他對孩子很好。他的問題是為人太不可靠、逃避現實，但作為父親卻是非常棒、非常愛孩子的。所以即便是在這部「混蛋不再混蛋」的電影中，電影製作者其實從一開始就在他與孩子的互動方式中、在他對孩子的愛裡，賦予了他某些正面特質。

此外，這個角色觀賞起來是**真的**具有娛樂性，有大大加分的效果。電影從一開始就非常好笑。而且最重要的是，他在整部電影中幾乎從頭到尾都是被生活打敗的。這不是生死交關的危機，但他不斷被種種生活問題所包圍，而且困境有增無減。如果主角被虐得夠慘，觀眾也更容易原諒一開始的不完美。

再舉《搖滾教室》（*School of Rock*）為例。在電影中，傑克．布萊克（Jack Black）一開始表現得相當自私，但也一直被欺負，這點會讓觀眾想站在他那邊，而且他很搞笑。但關鍵是劇情很快就反轉，讓他從剝削小孩變成幫助小孩。

我喜歡把主角的缺陷當作是他們「搬石頭砸自己腳」的做事方法——通常

是來自於畫地自限的思考方式。主角個人的缺陷或許會限制住他們為身邊之人帶來貢獻，但不會如同其他電影中那般直接或主動去傷害別人。相反的，他們是過著一種妥協人生，因為他們某種程度上還沒辦法站起來去面對內心困擾，而電影中最大的外在挑戰會強迫他們面對，並做出改變。但他們不是混蛋！

請想想下列電影主角的問題：

- 《星際大戰》（*Star Wars*）——路克不相信自己或信任原力。
- 《飛進未來》（*Big*）——賈許不想當小孩。
- 《風雲人物》（*It's a Wonderful Life*）——喬治一心想離開家鄉一展抱負，追求成功卓越的人生，卻因此忽略了身邊之人的關心。

- 《上班女郎》（*Working Girl*）——
黛絲不相信自己，也不相信能在史泰登島以外的地方擁有更好的人生／工作。
- 《北非諜影》（*Casablanca*）——
瑞克不相信也不追求任何事情；他選擇當鴕鳥，與任何事物都保持距離。
- 《致命武器》（*Lethal Weapon*）——
瑞格因為喪妻而意志消沉。
- 《金法尤物》（*Legally Blonde*）——
愛兒一向嬌生慣養，不思進取。
- 《夢幻成真》（*Field of Dreams*）——
雷始終未與過世的父親和解。
- 《成名在望》（*Almost Famous*）——
威廉覺得搖滾樂明星很酷，想得到他們的認同。

發現它們的共通點了嗎？這些角色都是能讓觀眾找到相關性，甚至很討喜的人物，但也都固守著小確幸或不切實際的生活（幻想）方式。他們的生活模式算不上健康，也無法以成熟的方式實現自我。而且，如果想要認真活出最好的人生且能有所貢獻的話，他們需要成長——聽起來可能很恐怖又很困難。他們的角色弧是「過上最美好的生活」，而不是「學會對別人好」。

從經驗來看，新手作者較容易執著於角色弧和缺陷面，給主角過多的成長空間，導致劇情的發展走入令人難以同情的地步，而這種感覺是很難隨著劇情展開又再重拾的。

其實，在許多成功的電影中，都沒有太過鮮明的主角角色弧和缺陷面，主角也不見得要有什麼巨大改變或最後變得更好的套路。回想一下下列各類文本的代表作品：

- 《妳是我今生的新娘》（*Four Weddings and a Funeral*）
- 《來去美國》（*Coming To America*）
- 《為人師表》（*Stand and Deliver*）
- 《逃出絕命鎮》（*Get Out*）
- 《神鬼認證》（*The Bourne Identity*）
- 《哈啦瑪莉》（*There's Something About Mary*）
- 《情到深處》（*Say Anything*）
- 《終極警探》（*Die Hard*）
- 《後窗》（*Rear Window*）
- 《永不妥協》（*Erin Brockovich*）

有許多好故事裡的主角基本上從頭到尾都是「好人」，而且在某些方面依然有所成長，最後也不需要以脫胎換骨來收場。

因此，我建議不要把「弧線」當成首要目標，尤其不要讓你的人物一開始就傷害他人。

若要強調弧線，比較好的方式是專注在他們最好的生活會是怎樣，以及為何他們無法擁有。這通常會與某些導致他們封閉、生活不如意的「傷痕」有關——在他們如何看待自己及如何看待可能之事方面。

故事開場一定要做的事

在任何故事想法中，主角都需要有一個起點——生活現狀。這在故事梗概會提到，在劇情大綱中也會快速交待。這更是一開場在利用「觸發事件」（也就是「危機事件」）引爆問題之前就需要交代清楚的主要內容。

開場故事對於吸引讀者有一定的重要性，可能也是讀者唯一會看的內容。當忙碌的業界人士好不容易願意翻開劇本，如果無法在開頭就立刻吸引他們的目光，這作品很快就會被拋諸腦後。

稍有經驗的編劇大多知道這一點，於是會把最好的描述文字、對話內容、娛樂價值和整體場景寫作努力塞入重要的開場中——完全合理。常聽到有人建議劇本的開頭要用**攔腰法**，或是「直接切入重點」，意即把最吸引人、最具情緒，還有衝突和壯觀場面，在一開始就直接呈現。

我認為這是一個好主意，但在劇本開場時做好建立相關性更是至關重要——在觸發事件顛覆主角的世界之前，先讓讀者有基本了解，並且產生興趣，進而開始在主角身上投入感情。

要做到這一點，就必須用一定的篇幅來介紹人物與他們的生活。這需要時間。如果在一開始只把注意力集中在利用重大事件來「抓住」觀眾，或是變來變去介紹其他角色，當觸發事件出現時，讀者可能已經跟不上主角的速度和他們的世界。這是我在劇本中常看到的問題。

我們不是要把讀者「抓進」故事與人物的世界裡，讓他們開始注意劇情。要抓住觀眾的注意力，應該是在一開始闡述主角是誰、他們的生活情況和為何讀者應該要受其吸引時就要解釋清楚。換句話說，是在觸發事件發生效應之前，就要先清楚呈現他們目前的狀態。

最「搶眼」的電影開場之一莫過於《搶救雷恩大兵》（*Saving Private Ryan*）的奧馬哈海灘搶灘場面，令人對戰爭的恐懼久久難以忘懷。但如果你仔細觀察劇情的後續發展，在尋找雷恩（觸發事件）的任務出現之前，一開始的內容不過是在設定米勒上尉的角色定位，以及他到目前為止所經歷的事情和需要處理的問題。在真正故事開始前，電影先呈現給觀眾的就是「生活現狀」。

劇本的前十頁可以是充滿閱讀娛樂性、有高度衝突的內容，但我認為這些都應該要與主角的日常生活相關。想想在《愛情限時簽》（*The Proposal*）裡的萊恩・雷諾斯（Ryan Reynolds）為魔鬼老闆珊卓・布拉克（Sandra Bullock）工作的情形，還有在《征服情海》裡湯姆．克魯斯（Tom Cruise）讓觀眾看到運動明星經紀人在職業上的蛻變，或是在動畫片《曼哈頓奇緣》中來到紐約前的艾美．亞當斯（Amy Adams）。在此階段的故事內容中，應該還不要出現對主角現有生活產生影響的明顯挑戰，而是要把挑戰留在觸發事件環節，也就是一開始必須先把現狀戲劇化，如此一來才能讓讀者投入情感，產生關心。

這意味要揭露（不單是對話內容）主角的生活情形、職業、社交生活、家庭、朋友和戀愛關係，並以戲劇化方式凸顯他們如何度日、生活重心，以及相關人物。

認識主角的起始背景——以及讓觀眾盡快入戲的橋段——是了解故事想法的關鍵，無論多麼簡短，都是爭取觀眾注意力的一部分。這就是出發點。

既然前幾頁的內容會決定接下來的劇本能不能被繼續看下去，想辦法讓讀者與主角建立連結就非常重要。這意味著立刻要將故事人物們最重要的感覺、生活追求和整體衝突擺上檯面，讓一切攤在陽光下。在理想的情況下，讀者會受到吸引，覺得有娛樂性，並在觸發事件開始之前就先喜歡主角，甚至關心主角。

如果能在前十頁把一切都交代清楚，讀者就會繼續看下去。

【戲說電視劇】

為什麼要關心東尼・索波諾？

在任何故事、任何媒介中，觀眾需要有能與（至少一個）角色連結的理由，去認同故事人物所經歷的事情，然後投入他們努力解決問題的過程中。電視劇也不例外。

但如果你跟當今許多作者一樣，想寫關於反傳統主角類型的黑色戲劇呢？好吧，「同理心」的規則依然適用。如果這個角色走的不是傳統討喜或引人同情的路線，那麼至少他們面對的問題必須足夠嚴重，讓觀眾不得不把自己帶入劇中情境。

說到「黑暗」主角，大家通常會參考《絕命毒師》，但如果你仔細觀察，這部戲在一開始時，華特．懷特會是你覺得最需要同情的對象——是個好爸爸、好丈夫，是充滿熱情但不被學生在乎的化學老師，他的薪資過低，工作不順利，還被診斷出癌症末期。就在他做出重大決定，開始製毒（別忘了，要同情他需要賺錢養家）之時，隨即將自己時時刻刻置於巨大的危機之中——他的妻子會有危險，他的人身自由也是。此外，他的家人可能會發現這個恐怖祕密。你很難再找到哪個角色比他需要更多「鼓勵」的了。但這一切都有其必要性，我們必須以此平衡他販毒的事實，否則觀眾對他就不會有絲毫的同情。

來看看另一個例子。HBO最具開創性的電視劇《黑道家族》（*The Sopranos*），可謂是這類影集的先驅，曾在二〇一三年被美國編劇工會票選為最佳電視劇。從表面上來看，東尼．索波諾是不討喜的：他是不折不扣的黑幫流氓，說謊欺騙樣樣來。但打從他出現在劇中，我們最常看到的是他出現恐慌症、感到驚恐，甚至被嘲笑該去看醫生。在此同時，他的母親可能也想殺死他。而他無法從妻兒、同事乃至於日常生活中得到想要的尊重與平靜。他的問題不只是個超級大麻煩，也與觀眾有一定的相關性。沒錯，有時他會把人痛扁一頓，但劇中更多時候是想讓我們看到他的內心世界，看到他充滿問題的人生，以及他充滿個人和情感的觀點。

另一種常見技巧是以更相關的人物來圍繞不討喜的核心角色，例如在美國版《我們的辦公室》（*The Office*）中的邁克爾．史考特及其身邊的吉姆和潘。但即便在此例中，所謂的不討喜角色在某些方面依然是有相關性和脆弱性，所以才能從他的觀點說故事。在這過程中，我們一方面因為他缺乏自我意識以致傷害他人而感到震驚，但於此同時，也因為他一直努力想要被愛卻始終不可得而感到同情。

有些喜劇，如《酒吧五傑》（*It's Always Sunny in Philadelphia*）或《副人之仁》（*Veep*），更進一步讓人難以喜歡劇中角色。這些人都是屬於弱勢的一方，劇中依然無情的虐他們（而且看起來很有趣），以至於我們不會直接心想：「我討厭這些卑鄙的傢伙，而且再也不想看到他們。」事實上，許多觀眾或許**就是**這麼想的，這在某種程度上也限制了節目發展的可能性，但多數的節目粉絲不會主動去討厭這些角色、把他們當成混蛋。觀眾多半是把他們當成魯蛇，是瘋狂追求（不可能實現的）自私欲望的失敗者。如果角色人物一直失敗，看他們輸也很有趣，那觀眾就能原諒他們犯渾了。

另一種情況是像《唐頓莊園》（*Downton Abbey*）所呈現的「討喜度」，想辦法讓觀眾投注關心在非常大的集合體中的每個成員，讓每個人都有可以被喜歡的地方（雖然也都有其缺點）。《唐頓莊園》裡有幾個固定角色時不時扮演「壞人」，但最終都能透過自己的故事來彰顯人性，也令觀眾同情他們所經歷的一切。

儘管這部電視劇的卡司如此龐大，觀眾卻始終都能理解每一個角色的想法，更不會覺得誰無藥可救或是問題來源。此劇讓觀眾相信問題是來自於複雜的情形，而且每個角色身上都背負了不同問題，這才無可避免的導致人際衝突——觀眾不只可以理解，而且還能以不同方式去感受各方心情。

大多數的劇集都是這麼做——在每集中呈現出各種「有故事」的相關人物，然後交織出不同的故事，而每一集都是新的「當周危機」（通常會帶出更大的問題）。電視劇中複雜且有趣的人物往往會帶有某些個人問題，也會有無法擺脫的欲望，這類角色有助於觀眾融入節目；相較之下，「壞人」的角色在電視劇中的效果就比較不明顯了。

「相關性」檢查表

如果你的想法能滿足以下五點，那就應該夠「相關」了：

1. 主角有一定的討喜度，而且／或者被問題包圍的情況具有一定的娛樂性，足以讓觀眾同情（在電視劇中，這適用於每集中每個故事的主角）。
2. 在任何故事中，主角的外部生活問題能在最根本、最普遍的人性層面上取得認同。
3. 他們的想法、感受、想要的事物始終明確，觀眾能分享主角的情緒與欲望。
4. 故事或劇集會出現觀眾所支持且有感的特定結果。
5. 如果有改變弧線（通常劇集不會有），那就是關於主角對自己的侷限有所突破——但不是從自私變成不自私。

第四章 原創性

Original

故事的原創性必須具有獨特的火花，
也最好是作者的「聲音」。
作品的聲音越獨特，就越能勾起觀眾強烈的興趣。

最有市場的故事想法，通常會在前提的核心或處理特定類型文本的手法中，加入某些引人入勝的概念「鉤」，也就是運用觀眾之前可能沒想到會發生的事情。作者會加入某些新東西或採用新方法處理，令故事想法別具一格。

在此同時，為了讓觀眾買帳、願意融入故事，作者也必須遵守該文本類型的故事敘事方式及慣例做法。如果徹底擺脫慣例，或是為了追求原創性而拋棄某些約定俗成的做法，故事很快就會分崩離析。新與舊之間是一種微妙的平衡，我們必須知道哪些「傳統」元素應該要保留，而哪些是可以為了創新而放下。

有些作者把原創性擺第一，卻沒有去了解或觀察一個可行的故事想法背後所需具備的其他根本條件。一心想讓作品與眾不同，卻良莠不分捨棄一切，成品或許看似獨特，但擄獲觀眾所需的核心特質卻遠遠不足。

你可能會覺得菜鳥寫手比較可能會複製既有的作品，內容不夠新穎或獨特。事實上，缺乏經驗者所提出的劇本經常都是缺乏「問題」的其他六大要素，但不會忘記「原創」。

可能是因為他們已經厭倦了市場上一成不變的作品風格，不滿電影續集或市面上充斥許多與成功作品具有高度相似性的題材。有創意的作者會想要推出某些新東西，卻忽略了在相同基礎之上做出新變化的可能性。而必須從頭到尾看完電影的影評人，可能也因重複的相似性而感到厭倦，故會格外高度重視原創性。上述兩種群體對電影內容的不滿，或許就是因為裡面有太多「公式」了。

這種心情是可以理解的。但當某種做法變成公式，並不代表作者是被困在規範與準則之中，而是因為這是一種循序漸進的做法。換句話說，故事題材不可能因為這種做法而變得煥然一新，而且有可能因為作者太過盲從於他所認識的公式元素，導致作品的拼湊痕跡過於明顯。或許他們的概念能完整呈現某些文本的經典類型，但處理手法會讓人感覺過分相似，看不見創新之處。

但如果目的是要賣出某件作品，創新就是關鍵——創造某件新鮮事物，但要在熟悉的框架之中。因為業界買家、作家經紀人和觀眾對「新穎」的要求並不像作者或評論人那麼高，他們並不是期待看到作者重造車輪，或是為了不同而不同，所以在他們看過的類似故事基礎上加入新穎事物，會比較容易產生效應。

要「無中生有」且不受限於傳統敘述故事的方法並不難，真正困難且有價值的是在歷久不衰的公式中不僅能「創新」，而且還要夠虐、夠有相關性、有改變生活的要素，同時兼具可信度、娛樂性和意義性。

在熟悉中嘗新

在任何電影類型中，成功的故事通常會以一種看似新穎的手法，帶給觀眾在觀看該題材（動作、喜劇、浪漫、恐怖等）時應有的感受。因此，先研究並認識相關題材，然後從某些好範例中進行大腦風暴、嘗試發展概念是會有幫助的。

在這方面，文學經理人維多莉亞·溫斯頓（Victoria Wisdom）曾提出一些很棒的建議，她表示：在你想模仿的某種成功電影類型的基礎上做建構，增加或改變某個過去成功的要素。她舉的例子包括：詹姆士・龐德是如何帶出傑森・包恩（不知道自己是間諜的間諜），還有《史密斯任務》（*Mr. & Mrs. Smith*，結婚的間諜）所引出的《小鬼大間諜》（*Spy Kids*，兩個間諜結婚生出的小孩也當了間諜）。這一連串的電影，每一部都很成功，也都讓人有耳目一新的感覺，而且基本上全都遵循了「間諜電影」類型應有的原則：除了高風險任務之外，整部電影都在對抗特定敵人（且以高度娛樂性的方式）。過程中主角一直被對手打趴，直到最後才反敗為勝。劇中有許多讓人目不轉睛的表現，觀眾的情緒也隨著主角起伏、緊密相扣。觀眾會為主角加油打氣，畢竟在取得突破性勝利之前，他們也被虐得夠慘了。

以具有穩定基礎的套路作為起點是有好處的——意味著此一故事類型已在觀眾身上多次發揮作用。如此一來，作者可以在一個已經具備特定「問題」元素的基礎之上開始建構故事——即便是在新變種的故事中依然需要存在的固定條件。換句話說，當我們想到一部成功的間諜電影（或你想做的類型）會出現什麼樣的場景和情況，如果想要讓新變種的電影成功，或許也需要具備同樣的條件。也就是用原本的方式去做該做的事情就對了。

作者如果意圖猜測觀眾口味，以「現在大家想看什麼」為創作方向，只寫一些自以為可能會賣座的內容，或是複製成功的作品卻沒有加入新的火花，這些都是行不通的。一部作品需要創造者對它充滿熱情，並且真心喜愛，這部作品才有可能在讀者面前活靈活現。如果作者本身就不相信作品內容，沒有加入新鮮元素，這部作品就不可能成為下一部暢銷之作。關鍵就在於將個人的熱情和創意融入故事與相關的知識之中——要願意去學、去做。

一旦作者學會怎麼做，並且認真去做，才能開始專注於創造能在市場上占有一席之地的故事與項目。此時，「原創性」才會變成重點。因為當我們知道要如何才能寫出有市場的想法後——只專注在產出想法、寫出符合條件的故事，就會發現已經有許多人做過類似的內容了。這意味著我們的想法其實也沒那麼「原創」。原因就在於：對該項目了解夠深入之後，會發現想嘗試的方向中有百分之九十九其實是可以排除的，大大減少了思路的可能性。

這不失為一件好事，也是作者的必經之路，因為這代表他們不再是對故事和文本類型一無所知、無法有效處理作品的人了。但是他們在看過特定文本類型中的相關範例之後，可能會覺得自己已經沒有多少新東西可以發揮了，因為每一個想法看起來都會跟之前的作品很類似。畢竟，成功且有能力的作者在過去幾十年來，已經絞盡腦汁在相同類型的創作中找出各式各樣的創新突破，而現在輪到自己嘗試做同樣的事。要在一個行之有年的框架中找出創新之道，這才是真正困難的開始。

我在電視圈親眼目睹了這一切。每一年，各大電視聯播網會告訴大型經紀公司他們在「尋找」什麼類型的新想法（再由經紀公司告訴作者客戶）。就製作一小時的戲劇來說，「聯播網需求」免不了會要求在主流劇（如警察片、醫療片和法律片）上進行創新。這三類文本已經一遍又一遍在電視上出現過，但電視臺還想要更多，若要與現有內容區隔，就必須挖出別人還沒看過的新東西。

或許有人看了電視之後會說，現在已經有很多類似的警察劇了。但如果我們暫時忽略各種衍生作品，只看真正成功的原創想法，就會發現通常會跟之前的作品有所差異，例如關於警察、單位、案件或處理方式都是全新的——但警察劇所需具備的基本要素依然不變。

最後到底會出現多少特殊的「警察劇」呢？尤其是當我們期待案件要有高風險性（如謀殺），並且每集最後都能破案！這就是絞盡腦汁的電視劇作者每年都在問自己的問題，他們努力想出屬於自己的創新警察劇，然後試圖把作品賣給電視臺。每天都有無數的新想法出現，但只有少數能登上螢光幕，而且多是來自經驗豐富的職業電視劇作者。畢竟，這件事不容易。

只要作者想說故事，相同的挑戰就會出現在不同的文本類型和媒介之中，而我們的新想法、新主題和故事類型，似乎都已經有人做過類似的內容，這種情況其實很難避免。那麼，我們該怎麼辦呢？答案是結合兩種類型的文本，有效呈現出觀眾對其中一種或兩種文本的期待，但要用一種新的方式處理。想想《暮光之城》（*Twilight*）中結合「吸血鬼」與「青少年愛情元素」。我們也可以在其他情境中找出某些新的挑戰、責任、衝突或困難類型，以此增加主角困境的複雜度。既然這是我們在尋找的東西，這就是個不錯的起點。

又是一個與我想法雷同的作品！

從概念、主題或場景設置來說，很難避免已經有人寫過跟自己類似的東西。現在已經有許多想法和前提能符合獲獎故事的條件，也有許多人類經歷可以作為故事依據，因此很容易發現自己的作品其實並不如想像中的奇特新鮮（即便是根據特殊的真實故事）。有時候，那些聽起來與自己作品相似的故事，其製作進度早已遠遠超前，甚至還有知名人物背書呢！

在此情況下，會覺得自己陷入絕境也很正常，彷彿一切辛苦都白費了。但也不見得如此，所有的努力也不一定是徒勞無功。關於這種頻頻出現、不可思議的類似性之所以不必緊張，有以下幾點原因：

1. 大部分的電影與電視項目，即便是出自知名的收費作者，也不見得有機會被製作，或即便有機會被製作，也不見得能觸及到廣大觀眾。收到我們作品的人，很有可能連看都沒看或對內容根本不熟悉，就算有時新聞報導能使某作品看似非常有競爭力，具有快速成功的機會，但通常都還需要更多故事來支撐，只是往往都不會再有後續發展，或至少不是什麼大事。
2. 當我們還不是成熟、成功的作者之前，所有我們寫的東西都只會是「寫作樣本」，不會被發行製作的。頂多就是在一堆競爭者中稍微脫穎而出，藉此找到經理人或經紀人，或者有機會見到變成我們作品「粉絲」的製作人。但一般來說，這些吸引到他們目光的劇本，他們不能也不會多做什麼，頂多就是想看看我們接下來會寫出什麼東西。

這是常有的事，而且已算是最好的情形了。大多數的作品很難走到這一步。但如果有一件作品做到了，而它跟市場上的某件作品是否有相似性，其實也不重要了。因為這些人是從寫作能力和說故事能力來判斷作者的潛力，還有作者如何處理概念、如何把這些東西變成自己的故事。他們是把這份作品當成樣本，看看作者是否是他們想要繼續合作的對象。沒有作者想聽到這些話。我們都希望每件作品能賣出去、能有被製作的機會，但真正實現的機率根本微乎其微。

3. 在極少數的情況下，極具競爭力的作品確實能脫穎而出，得到發行機會，而且非常成功且家喻戶曉，連帶讓類似項目也有機會問世。在市場上要容納兩個相似的主題或概念並非不可能。

還記得《彗星撞地球》（*Deep Impact*）和《世界末日》（*Armageddon*）嗎？這兩部電影都是在一九九八年上映。還有《重返十八》（*18 Again!*）、《小爸爸大兒子》（*Vice Versa*）和《飛進未來》，這三部片都是關於大人變小孩、小孩變大人的主題，也都是在一九八八年上映。或是想想《征服四海》（*Christopher Columbus: The Discovery*）和《一四九三：征服天堂》（*1492:Conquest of Paradise*），這兩部電影都與哥倫布有關，都是在一九九二年上映。

接著可能有人會問：「如果有另一部作品跟我的完全一模一樣，而兩者根本不可能同時存在，怎麼辦？」這種情況是真的非常罕見，但也不無可能。如果別人的作品跟我們的非常相似，且在各方面進度都遠遠超前，讓人覺得兩者基本上是一模一樣，甚至是抄襲的，而這就表示其實自己的想法還不夠原創。

雖然這種情況不太可能發生，但當我們聽到有這樣的作品存在時，無論是還在發展中或已經上映，我們可以做的是：研究它，試著去閱讀或觀看。

但我見過身處此境的作者，他們的做法正好相反。他們常會說：「我就是故意不要去看，因為我不想受影響。」我不認同這種做法。如果擔心別人的作品跟自己的很像，難道不用想辦法釐清嗎？而且我們或許還有調整的機會，內容就不會重複了，不是嗎？當我們的作品「碰巧」跟別人一樣時，別人也不會認為「沒看過就代表不是有意抄襲」，既然如此，你要避免的意義又在哪裡？

在我們檢視對方作品的同時，會發現作品之間雖有某種程度上的類似，但各自著重的特點還是會有所不同，而且透過檢視競爭作品的差異，還可以發掘你覺得無效或不喜歡的呈現方式，從中學習，以確保不會犯相同的錯誤。如此一來，便能更加確定自己的想法，也能看出與別人的差異，進而產生振奮感，而且還有助於看到個人想法的獨特性及重點所在。致力於進一步深掘獨特之處，讓自己的作品與「競爭對手」拉開差距，便是此時我們可以做的。

作者的「聲音」VS他人的聲音

原創性不單指擁有創新、有賣點的想法，還關於一個人如何看待世界、看待他人，以及如何透過想法或作品與人交流。

當新手作者提出的「聲音」夠獨特且令人印象深刻時，必然會受到高度重視，讀者會想：「哇，這個作者真特別。」或是「之前都沒人用這種方式寫，就只有這個人。」作者的觀點和表達方式具有獨特性，他們大腦的思考方式和寫出來的東西就具有特殊的吸引力。

該「聲音」出現的主要方式之一就是透過角色人物。這些人物是否讓人覺得真實、獨一無二，而且跟所有人都不一樣？（我們都是如此）這些人物刻畫是否夠具體、夠深刻？這些人物的特質是否真的令人難忘且兼具觀賞娛樂價值？他們是否不同於典型角色，所說、所做都是只有他們能說、能做的事情？如果是這樣，才會讓人有原創感。

「聲音」在某方面是來自作者選擇關注的重點，以及作者處理細節的有趣程度。這可能是來自於作者的個人經驗，也或者是來自於研究。如果我們寫出來的東西越能讓人覺得是經過縝密觀察、具有真實性，而且又能讓人印象深刻、覺得獨一無二，就會有越多人覺得這作品有好「聲音」。

作品的聲音是無法勉強的。這是因為每位作者都會用自己獨特的方式來描寫人事物，而這些獨特的方式係出自於練習和經驗的累積。因此，關注並相信縈繞在腦海中的想法是有所助益的。要留意自己對什麼事情特別感興趣，然後傾聽那聲音，跟隨那聲音前進（當然，也要兼顧其他的指引方針）。

有時候，自己的「聲音」也容易受到他人意見的影響。有些作者看到他人的冷淡反應後，會覺得這些反應都是千真萬確的，代表自己或自己的作品「不夠好」，卻不相信自己獨特的想法、興趣和熱情有可能成真，也不認為順從自己的想法會有成功的可能，反而輕易就認為自己還需要加倍努力才能成功。其實，這些意見有時可能只是個人偏好的問題。在決定是否採納他人的「修正」意見時，我都會格外小心。最好是要確實明瞭他人眼中所謂的問題是什麼，然後再決定自己是否認同、是否要調整想法。

另一方面，也有不少作者會犯相反的錯誤，即對任何意見都充耳不聞。他們也許覺得別人的意見都是「針對個人」（而且「他們不懂我想說什麼」），因而拒絕做出任何改變。這通常代表作者不夠替目標讀者著想，並且沒把這群第一手讀者當成是潛在觀眾的代表。如果作品能得到專業人士的「註記」意見是很寶貴的，特別是與本書所提之七大要素有關的意見，而且來自可靠之人的建議更是格外值得信任，對達成共識是非常有幫助的。

跟許多事情一樣，是否採納相反意見也需拿捏平衡點——我們要大膽傾聽他人的想法，如果有必要的話，甚至可以大刀闊斧重新思考作品。總之，千萬別錯過能變得特別、原創和獨特的機會。

為什麼會拍出爛電影？

新手編劇經常會被這個領域的競爭強度和打入的困難度嚇到。他們認為最主要的關卡是此產業的封閉性，畢竟要創造出讓守門人印象深刻的作品不可能那麼難吧！如果作者有高超寫作技巧、雕琢功夫、包裝藝術及想法，就能把作品推銷出去或被採用，又怎麼會有人嘲笑好萊塢製作了這麼多「垃圾」呢？而這些人口中的「垃圾」，就是他們認為沒有原創性可言的東西。

這種說法非常常見，也相當合理，但其實是將兩件不同事情混為一談的謬論。第一件事情是新手作者希望得到注意，且在職業生涯上有所進展（這當然是每位新手作者的希望）；另一件事情則是作品得到製作的機會，最終能上映。這兩件事情是各自獨立的，而且成敗幾乎完全取決於不同的因素。

先從新手作者獲得注意開始談起。要怎樣才會能得到注意呢？很簡單：一份能脫穎而出的（電視或電影）劇本，能讓靠評估、發展或銷售編劇維生的人（經理人、經紀人、製作人和特定影視公司的執行製作）留下深刻印象。這群人在找的就是新題材和新作者，但他們要的人不多，甚至要在數百份不被看好的劇本之中找到一絲希望。

他們究竟在尋找什麼？他們要的是一個能賣座的新點子，加上妥善處理過的劇本。而同等重要的是，他們希望有一個懂得掌握基本技巧的作者，能創造出與眾不同的聲音，並且寫出專業的劇本，夠吸引人，夠清楚，夠可信，夠有趣，並富有情感，讓閱讀成為真正的享受。

要做到這一點並不容易，而多數嘗試編劇的人都不曾到達此一高度。能做到這一點的人，通常都是非常努力工作，多年來不停嘗試，寫過無數劇本，一路不斷學習成長。他們的首要目標就是找到經理人，讓業界對他們的作品感興趣。這就是他們的劇本所要努力的方向（除非他們是想獨立製作電影）。

在過程的另一端，是讓作品得到製作機會。如果要以商業產品上市，就需要有執行者想辦法去找到明星與導演來包裝現有項目。我們來看看在這些決策過程中，有哪些因素可能會導致做出「爛」電影，讓人誤以為要成為好萊塢的作者其實也不用「那麼厲害」。

首先，要知道電影業跟其他生意一樣，決策者之所以點頭的唯一目的就是要賺錢。如果沒有持續獲利，他們就會被市場淘汰。在決定做一部電影時，他們個人認為該電影的「好壞」和「原創」與否，以及個人喜好，此時都不重要。這些人大多非常聰明，受過高等教育，站在個人角度可能是比較傾向典型編劇會喜歡的電影類型，但他們不會像作者一樣，經常以個人喜好為出發，沉醉在創意或藝術的一面。商人是不會製作沒有獲利空間的電影的。

從商人角度來看，什麼樣的電影劇本或想法才是好的選擇呢？很明顯的，他們會根據近年來觀察到的消費者口味，找到讓許多人願意掏錢消費的可能性。這沒有絕對的科學根據，因為任何你覺得「肯定的事情」，最後觀眾都可能不買帳。不過你只需要看看票房最高的電影，就可以知道先前打下的品牌效應和熱門度才是關鍵，「原創」與否似乎不太重要。

如果觀眾對電影題材已經有一定的熟悉度，而在這基礎之上做娛樂性變化，並讓觀眾接受，會比較容易。這就是所謂的商機。我們不見得要喜歡這種方式，而且或許做出來的也不算什麼「好電影」（或驚人的原創），但票房才是一切。

《百貨戰警2》（*Paul Blart:Mall Cop 2*）的影評或許很糟，卻能以三千萬美元的製作成本寫下一億八百萬美元的全球票房紀錄。這看起來可能還不夠驚人，更早期的《百貨戰警》，可是用兩千六百萬美元的製作成本就創下一億八千三百萬的票房！從商業角度來看，這是個明智的決策。

聰明人會非常認真研究這些事情。這不代表他們不會出錯；他們當然有決策錯誤的時候。但他們希望在每個選擇背後都有扎實的商業或經濟因素做支撐，而這些因素就是決定一部電影「好」或「不好」的法寶。

另一件要知道的事情是：沒有人一開始就打算做非原創的爛片（除非已經知道無論做得再爛都能賺進大把鈔票）。他們一開始都是想做某些在過去已經成功提供觀眾情緒體驗及娛樂性的電影，但無論是哪種類型的電影，要做到這一點真的很不容易，因為必須結合許多因素，而最後成功的機會只有千萬分之一。無論是在商業上或「質量」上，相較於做出真正成功的電影，要做出爛電影或二流片的機率還比較高一點（跟寫出爛劇本或二流劇本一樣的機率）。

這件事跟作者是否能打入市場沒有必然的關係。作者幾乎是不可能透過一部電影就打入市場的。因為所謂的「打入」，意味著要以一部幾乎不可能賣出、更別提製作的劇本，讓經理人、經紀人或製作人留下深刻印象，從此把你放在業界的雷達區中，培養自己的粉絲，然後開始朝成功邁進。

你也許想問，這些「爛電影」的作者是否有冠絕群雄、超越其他當紅作者的一天，並且提出特別吸引人的作品呢？

答案通常是肯定的。

你現在所看到的「爛電影」，其背後有百百種原因，不見得跟個人寫作風格有關。你或許曾看過寫作經驗豐富的職業作者，在一步步完成某些巨作之後，最終也不免走上了製作爛電影之路。或許他們只是為了賺錢，而且該電影可能也不是展現個人才能的最佳媒介。也或者是因為發展過程過於匆促，找來的作者來自五湖四海，最終成品成了集結眾人之力的大雜燴。如果想用一種單一又有效的創意讓導演、製片公司和演員全都滿意，是非常困難的。出資公司甚至可能（或許是馬上）會發現一部好的劇本並不代表有好的「錢景」。又或者這些爛電影橋段都是作者被迫想出來或使用的手法。

但不要誤會了，就算是大家口中的爛電影作者，至少都已經有一部「很棒」的劇本，證明自己「做到過」；在困擾許多人的劇本創作基礎上，他們已經贏過百分之九十九的新手作者。這些「爛電影的作者」是無法輕易被只上過課、寫過一兩部劇本的平凡作者所取代的。

我的建議是：要認識並尊重能讓人展開職業生涯的高度挑戰，也要知道你所看到的爛電影並不代表製作過程很輕鬆。事情沒有你想像的簡單——不是因為這個行業封閉，而是要真的做好確實非常難。

在賈德・阿帕托（Judd Apatow）的《頭腦有病》（*Sick in the Head*）一書中，傑里・塞恩菲爾德（Jerry Seinfeld）談到了優秀喜劇演員的天性，也論及編劇，他曾說過：「關於喜劇有件超讚的事，那就是如果你確實有天賦，不用癡癡等待機會，因為不會有人想要錯過你。但是，要得到機會容易，要做好才難。」

【戲說電視劇】

談談電視劇的三大黃金職場
——醫療、法律、警察

電視劇的買主一直都在尋找某些獨特、原創的作品，但和其他媒體一樣，最管用的通常是在已知的基礎上嘗試新做法，也就是作者已經清楚知道該如何有效操作特定類型的節目（通常是有做過此類節目的特約作者），知道如何觀察並執行基本要素，同時能將此技能運用在之前沒多少人看過的新事物之上。

有許多劇集都是圍繞著警察、律師或醫生角色做變化，過去的我曾經覺得很可惜，就跟許多有抱負的電視劇作者想的一樣，我覺得一定有其他不同的工作場景能做出吸引人的電視劇，於是試著轉換工作場景來發展，但結果幾乎都是失敗收場。

而在我成功賣出了某些想法（更多是被執行製作、製作人或我的經紀人打槍）之後，學到了一些事情，其中最重要的一課，就是不要將「工作責任」設定為核心挑戰，除非是上述三大黃金職業的變化版。

能把許多故事做成一部成功的劇集，通常有三大特質：

1. 有英雄事蹟，涉及為別人付出。這類劇集通常會撇開個人利益與喜惡，涉及保護、幫助或為人類而戰。
2. 風險極高。如果他們失敗了，有人會死、凶手逍遙法外、無辜者遭到無期監禁等。
3. 他們工作的本質包含了吸引目光的人際互動方式、具有觀賞娛樂性的場景，帶有高度情緒和高度風險。

《法網遊龍》（*Law & Order*）或許就是最典型的例子。這是（在當時）「辦案／警察」劇和「法律／法庭」劇的獨特結合，重點在於代表人民的檢方與打擊犯罪的警方攜手合作找出凶手，將罪犯繩之以法。

達到目標的過程完全是由「目擊者、嫌疑犯、警探、反方律師、法官和陪審團之間的高衝突、高風險與高情緒衝突」所構成。每一幕精采劇情之所以引人入勝，就在於試圖解決該集最大問題（謀殺案）時，執法角色會遭遇重重阻力或武力衝突，必須採取進一步行動，方能解決問題——會帶出更多場景。

多年以來，觀眾們一直都很喜歡看各種辦案劇，看不同的警察、律師和醫生解決不同的問題，正是基於前述理由，電視臺也想要在這類型的戲劇中找出變化方式。關於英雄冒險的成功故事一直都有，他們在社會上的角色或工作就是代表眾人打擊犯罪，例如《魔法奇兵》（*Buffy the Vampire Slayer*）、《雙面女間諜》（*Alias*）、《陰屍路》（*The Walking Dead*）和《星際爭霸戰》（*Star Trek*）。這些節目符合了典型的「辦案劇」三大職業，而觀眾只需關心他們的「每周案件」。

許多一小時的節目都主打這種「連鎖」故事。他們走進門，開始解決本周的問題或案件……。這是一種無止盡重複產生故事的方法。至於沒有辦案故事的劇集，就必須以固定班底個人生活中的各種衝突與問題作為主線。在這些節目中（包括所有喜劇和半數以上的電視劇），每一集的問題中心、目標和風險往往只與主角有關。他們通常不是英雄，也無關工作成功與否。這是關於個人生活。

作者經常會把場景設置在某個工作場所，讓「工作」變成故事要解決的挑戰。他們可能會說，之前已經有許多關於在各種職場求取成功的故事：廣告代理商主管、高中足球教練、喜劇小品的作家兼製片。沒錯，這些成功的電視劇都是以職場上的工作挑戰為基礎。對吧？

表面上看起來或許如此，但其實還是有關鍵差別的。這些劇集當中，每一集的故事都不會把重點擺在工作的任務與難處，除非是與主角個人生活中的挑戰有關。在一集的時間裡，觀眾要看的不是這些醫生、律師、警察或星際戰艦船長把工作做得多好，因為工作所帶來的風險還不夠高，大部分的工作過程觀賞起來也不夠有趣（或令人同情），即便是「英雄般」的工作也一樣。

沒有人想看著《廣告狂人》（*Mad Men*）裡的唐・德雷柏與廣告公司角力的過程一幕又一幕出現。同理也適用於麗茲・萊蒙在《超級製作人》（*30 Rock*）中虛構的《TGS與崔西・喬丹》節目。他們工作上的瑣事與目標都不是我們看這個節目的原因。觀眾想看的是人物及其個人的生活挑戰。觀眾會把自己帶入角色中，並且關心角色人物在生活中所面對的高風險。因此，「職場挑戰」

只不過是背景，其存在的功能是為了製造衝突與問題，影響角色人物的個人層面，不用執行什麼英雄任務。觀眾在意的是過程中發生的生活挫折、他們對生活的想像、達到目的所需面對的挑戰，以及高風險的個人危機與衝突。

「原創性」檢查表

如果你的想法能滿足以下五點，那就應該夠「原創」了：

1. 我的作品遵循了該文本可行的基本原理，但加入了有趣的新元素。
2. 核心問題的情景（以及故事梗概）中有一個容易理解的「鉤」，能引起觀眾強烈興趣。
3. 裡面有某些我所熱愛的東西，從某方面而言算是我的獨特性，也是我「聲音」的一部分。
4. 與其他知名的類似作品相比，我的作品在概念上有明顯不同。
5. 我的關鍵人物很特別，能一步步讓故事昇華，超乎觀眾的熟悉範圍。

第五章 可信度

Believable

喪屍、外星人、吸血鬼、變男變女變變變……
只要夠勁爆，觀眾總是能夠暫時放下懷疑，跟著劇情一起走？
那可不一定！
故事的原創性看似能讓作品加分，但如果處理不當，就很難讓觀眾買帳。
創建你的新世界之前，千萬別讓觀眾覺得：「我看不懂！」

故事通常是要誇大情形——而不是包含許多無聊又「現實」的正常生活。即便是在最基本的文本中，我們也要找出某些能娛樂觀眾的事情，讓他們深深投入。這需要以「生命轉折」、「娛樂性」和「有意義」的「原創」方式來「虐」與觀眾具有「相關性」的角色。

為了實現目標，我們很容易踩進雷區，結果總是寫出一些可信度不高的東西。

「觀眾會跟著我們走。」我們對自己打包票。我的意思是，畢竟觀眾都能接受「變身」的電影，以及有人在場景中唱歌，還有無數的殭屍、外星人或吸血鬼的變種電影，所以他們顯然是願意暫時放下懷疑，接受我們拋出的一切，對吧？

很遺憾，事情並沒有那麼容易。

沒錯，要讓觀眾在電影一開始就接受不尋常的路線並非不可能，但這種事情他們通常只願意做一次，而且必須有清楚明白的設定，並且讓觀眾覺得：「好吧，這臺算命機很神奇，可以把小孩變成大人的湯姆．漢克斯。」或者「這些人物所看到的世界已經被機器占領，機器創造出虛擬程式世界『母體』，並把人類當成能量來源。」或者「巫師是真實存在的，而且他們還有學校。」如果能在前百分之十到十五的敘述內容中，精心設計出一套看似合理的解釋機制，觀眾就有可能願意接受。

但在此之後，作者就必須以可信的方式帶領觀眾探索劇情。換句話說，劇中人物的言行舉止，應該要跟多數人在相同情況下所做的反應一樣。根據劇中人物所面對的挑戰，無論發生什麼事情都應該以符合真實生活的方式呈現，要讓人能夠接受且感到合理。沒錯，劇中或許會有比正常生活中更大、更誇張、更不一樣的情況發生（通常只會是一件大事），但除此之外，一切都應該讓人感到**真實**。

關於劇本或梗概，讀者不想繼續再讀下去的常見原因之一，就是因為某些事情不夠真實。他們不相信正常人真的會說出或做出劇中人物的反應；或者作者的解釋無法讓觀眾「抓到」故事概念，也不想買帳（或許作者的解釋不完整，這種情況也經常發生）。

製造誇張情形，把相關角色都套進去之後，接著就是要探索真人在相同情況下會做何反應。這是與觀眾建立相關性的關鍵所在。如果劇中的一切對觀眾而言是不合邏輯的，或所做之事不真實、無法理解和難以置信，他們就會迅速轉身，從此離開。觀眾甚至可能都沒意識到原因何在，只知道自己就是無法投入。

另一方面，越真實、具體和容易理解的事情（也就是說，在考慮劇中人物的情況及所要追求的目標後，若其行事具有足夠可信度的話）就越容易讓觀眾入迷。如果其他「問題」要素也都到位，這一點更是無庸置疑了。

殭屍、外星人和吸血鬼

當故事中出現某些與日常生活不同的奇幻事物時，如果能與觀眾曾經看過的東西有重疊性，或已在熱門文化中占有一席之地且廣為人知，對提高觀眾的接受度會有所幫助。這也是為什麼現在有許多以殭屍、外星人和吸血鬼為主的各種電影（還有其他類似的虛構類電影）。在現有的基礎之上做變化，會比試圖讓觀眾接受為某電影全新創造出來的虛擬生物來得容易。要讓觀眾接受全新創造的科幻生物或情境，並不是一件容易的事情，畢竟他們之前是沒有接觸過相關體驗的。故事的原創性看似加分，但有時反而會讓讀者覺得「我不想買帳」，甚至更糟的是，他們可能心想：「我看不懂。」

讀者必須先理解故事裡發生的事情，才能決定是否要相信這個故事，或能否被它吸引。然而，「我看不懂」卻是常見的觀後反應，尤其是經過精心處理的奇幻類、科幻類的故事提要，或是涉及超自然生物與國土的題材。讀者一旦產生這樣的觀後反應，就容易引起最不愉快的閱讀體驗：困惑。

別讓觀眾困惑

「別讓觀眾無聊」或許是所有戲劇寫作的重要法則，但「別讓觀眾困惑」也一樣重要，因為如果我們身為作者，寫出來的東西讓讀者摸不著頭緒，他們就會想對我們發火。如果讀者搞不清楚發生什麼事（尤其是湊上他們壓根就覺得不真實的事情），他們就會立刻放下劇本。如果他們不得不繼續讀下去的話，就只會越看越火大。

這種事情經常發生，而且不只發生在科幻類的概念上。當編劇太過專注於為了交代而交代的旁枝末節，卻忽略傳遞重要的訊息時，讀者只會越看越困惑。許多作者早就把這種做法當作瘟疫般避之唯恐不及，但有些人卻反其道而行，讓故事人物淨說些觀眾難以理解、消化的內容，讓觀眾覺得自己就是個局外人。如此一來，只會把觀眾越推越遠。

雖然編劇需要明明白白告訴觀眾所有他們需要知道的事，好讓他們消化和理解故事內容，並知道大家到底在討論什麼，但在某種程度上卻又不得不鋌而走險，不能把話說得太明白。由於作者必須在有限的內容中讓讀者能夠吸收和接受，並且願意繼續看下去，所以簡單的故事概念通常會比複雜的來得好。

編劇在「說明」劇情的時候，理想的方式是要用「表現」的，而非「告訴」。我的意思是，如果想讓觀眾知道故事中任何關於角色或情境的事實，必須透過吸引人的戲劇（或喜劇）場景，而訊息在觀眾面前之所以變得清晰，是因為場景中發生的事情，而不是某人在對話中說了什麼。

舉個簡單的例子：如果想讓觀眾知道這兩個人是夫妻，該怎麼做呢？即便是如此簡單的事情，我們也不能理所當然的認為：就算不說明，觀眾也看得出來。但也不能直接寫出「甲是乙的丈夫」之類的臺詞——因為觀眾不見得有機會讀到人物描述（這種描述方式應該是讓觀眾透過畫面去看、去理解，不是透過對話內容）。此時，不需要任何人以對話的方式來說明情況，理想的方法是運用一個能清楚顯示兩人已結婚（或是快要結婚）的場景，像是住在同一個屋簷下、睡在一起、與共同的孩子互動等。如果觀眾需要知道這件事情，我們就必須親自帶領他們，明明白白解釋一切。

接下來就是要限制觀眾需要知道的事實數量。如果每件事實都需要用某些場景來向觀眾解釋，可能會拖慢節奏，進而使故事缺乏吸引力。因此，如果劇本一開始就有許多需要向觀眾解釋的複雜背景，可能就需要先簡化這些內容。

對某些特別喜歡精心建構虛擬世界的作者而言，「簡化」可能會有困難，甚至比跟觀眾建立情感層面的連結還要難。但是，唯有在觀眾能透過簡單而清楚的訊息來享受故事內容時，「世界創建」（world building）才能有效發揮作用，而且故事是要建立在人類最根本的情感層面上才能發揮效果。

那個世界和我們的有何不同？

如果故事設定的世界跟現實世界有所不同的話，一開始就先迅速把差異點定義清楚，是相當重要的事（這也適用於所有提案、梗概或投稿信的開場）。當某人聽到或讀到一個故事的想法，看到其中有某些虛構元素存在——場景設定在未來或跟我們「現在所知的地球」不同——觀眾就會立刻想知道確切的差異點為何。觀眾必須先「懂了」虛擬世界及其規則，才有辦法消化其他訊息。

成功的故事通常會在一開始就先把可能的問題解釋清楚，並定義好所有

「規則」。我所謂的「規則」是指事情在這個不同世界裡的運作方式，包括任何特別生物或力量，以及有何限制與界線。這些規則必須快速讓所有人都能了解及接受，才不會在心裡產生一連串的問題（或是難以接受），如此一來觀眾才能享受後續的故事發展。

這類故事的作者有時會太習慣於自己所創造出來的元素，把一切視為理所當然，卻沒意識到如果要讓別人相信，需要花點力氣解釋清楚。在理想情況下，這些元素應該是要非常簡單、清楚且容易了解及相信的。有些作者習慣創造複雜、晦澀、難以理解的情境，又無法清楚解釋所有事情的運作規則。對他們來說，他們所創造的一切都很簡單易懂，甚至不言自明；但對觀眾來說，可能是霧裡看花，摸不著頭緒。

有時候，作者在寫劇本的過程中會試圖整合訊息，卻忘了讓觀眾一開始就知道故事世界之所以不同的重要性——這樣才能讓觀眾在情感上產生連結。如果觀眾不了解規則，也不知道那個世界裡有誰、想要什麼、有何阻礙及如何運作——相較於我們所熟悉的世界——觀眾就找不到「進入」的管道，找不到自己與故事人物及正在發生之事的相關性。

這就是終極目標。觀眾喜歡看自己關心的人物，在面對虐人挑戰時，以能夠引起共鳴的方式行事。觀眾不是天生就對幻想世界感興趣，至少多數人不是，而製作人、經紀人、出版商等也不是。觀眾感興趣的是幻想物質如何影響許許多多跟我們一樣的普通人，以及這些物質是如何創造出與**所有人**相關的目標與困難。因此，最棒的場景會以簡單易懂的情況為中心（即便是幻想的），讓我們能快速進入最重要的環節——故事本身。

如果故事世界在某些方面跟現實世界有所不同，例如發生殭屍狂襲的世界末日，或地球出現外星人，或高中校園裡有吸血鬼，其處理原則是要讓觀眾一次買帳，而且機會僅此一次。只要概念本身能讓人清楚易懂，觀眾就能接受你虛構幻想出來的事物。但除此之外，其他一切發生的事情都必須是正常人在該情況下的正常反應。把相關人物放在極度異常的情況中是不錯，但交代清楚之後，劇中人物的一言一行就得像個真人真的會說、會做的事情。

請別以為這僅適用於科幻、奇幻之類的電影，同樣的原則適用於所有文本，包括涉及範圍最廣的電視劇與喜劇。

幾乎所有故事的「鉤」——意即能吸引觀眾想要融入故事發展的環節——如果處理不當，就很難讓觀眾買帳，因此了解故事和基本概念裡有什麼需要先解釋清楚很重要。畢竟，社會大眾才是我們要追求的終極觀眾，希望觀眾會對我們的作品有感覺。

追求真實感

除了要能讓人看懂之外，也要確定在前提中的所有要素能確實融入觀眾心中，如此一來他們才會說：「沒錯，我就知道會這樣。我可以理解為什麼這些人在那種情況下會做出你所說的事情。我知道接下去可能會發生什麼事，以及會如何出現你所描述的那種挑戰。」看來要得到讀者的接受比想像中還難。

舉例來說，在喜劇的世界裡，當事情被誇張化，超出人類行為、情緒和特質的合理表現時，看起來確實很有趣。以《威爾與格蕾絲》（*Will & Grace*）或

《超級製作人》的任何一集為例，劇中人物的某些特質常被誇大，而他們的處境、欲望、行動和說話方式往往會比一般人來得……嗯……有趣，但從驅動他們的力量和行為來說，觀眾依然覺得很真實。誇張，卻真實。

但如果你看到喜劇中的人物，其言行根本不像一般人在那種情況下會有的反應時，你又作何感想？你會笑不出來。不只笑不出來，心裡還可能會對作者產生不滿，覺得怎麼能公然用如此不真實的東西就想讓你發笑呢？你甚至會開始想：自己到底在看什麼東西。

好的喜劇會以人類行為為依據，但當某事變得太令人難以置信，就是所謂的「過頭了」。也就是說，雖然喜劇中的情境與人物在某種程度上被誇大了，但僅止於某些程度上，而他們的行為舉止終究應該跟你我在面臨同一情境時的真實反應一樣。

在提出故事想法（或特定場景）之前，最好要先檢查過每個角色的一言一行，確保他們所做的每件事情都夠「真」。目前他們的立足之地？他們想要什麼？有何阻礙？他們有何感受？他們想要做什麼？如果他們試著去做，會發生何事？故事人物所做、所說的一切，最好都是源於上述問題的可信答案。

如果有疑慮，就按照真實人物在該情況下會有的反應處理。這是故事人物帶給觀眾真實感覺的開始（也能讓演員以更具可信度的方式表演）。一開始要考慮的不是喜劇效果或壯觀場景，也不是動作場景多厲害或畫面多簡約。娛樂性必須排在可信度與相關性之後，也就是基本前提、人物和情境必須先與其文本類型相符，再來才是賦予故事趣味。如此一來，安全展開劇情的基礎才夠「穩固」，因為它夠真實。

當有作者寄來劇本梗概或投稿信時，可信度是我經常會遇到的問題。從該角色所處的情況與角度來看，他們筆下的人物所做的決策與行動都看似不太合理。作者急於提出符合特定文本類型、吸引人又具娛樂性的想法時，還要兼顧新穎與原創性，妄想一步登天，卻忘了問自己：「這個角色在面對這種情形時，**真的**會照我說的這樣做嗎？」如果答案不是「我確定他們會這麼做」，或許就得再多下點功夫了。以上是職業讀者肯定會問的問題，但不見得會有意向你提問，一旦角色人物的行為方式與上述問題的答案不符，麻煩就來了。

提出想法時，作者必須確實從每個人物的角度把事情想過一遍，確保他們的操作方式都能讓觀眾容易「買帳」。這意味著要對各個角色進行某些深度探索，並問：「他們在這種情況下會怎麼做？是什麼原因讓他們這麼做？他們所處的情境與欲望是如何把他們推到這一步？如果他們這麼做，會發生什麼事？他們為何相信這樣能實現目標？」

這對塑造「反派角色」尤其重要。不是每種故事都一定要有主要的反對者，但給主角製造最大問題的角色，其行為背後的動機必須讓觀眾看起來合理。無論反對的力量是來自組織、政府或生物，在理想狀態下，做出關鍵決定的一方都應該以觀眾可以找到相關性、願意買帳的內容為考量，作者的個人想法與喜好都是其次。就算反派角色是起因於貪婪、濫用成癮或權力沉迷等因素，他們的行為模式依然得符合一般人的邏輯。

上帝和魔鬼都藏在細節裡

在追求「真實」時，我們要做的不是達到最低要求、讓觀眾覺得看似真實就好。若想寫出引人注目的作品，在這一行更上層樓，其中一項關鍵就是在真實感上要有一定的**細膩度**，才能讓人讚嘆作品的可信度與原創性。畢竟作者最了解劇中人物、場景設置與活動的特性，也只有作者才能把一切活靈活現地呈現在讀者面前，讓人留下深刻印象。而若能與其他的「問題」元素一起實現，這種高度的真實性會讓劇本更易脫穎而出。

這意味著我們要關注細節，尤其是人物與行為。上帝就藏在細節裡，對吧？當然也有人說魔鬼藏在細節裡。要寫出模模糊糊的人物很容易，但要創造出獨特且真實的人物並不簡單。有些作者在面對特定的故事挑戰時，就只能以特定的套路來處理。

找出有趣的細節是作者的一大責任。這些細節非讀者所能預期，而且因為在意料之外，往往會讓人感覺更真實。在現實生活中，沒有人的存在是模模糊糊的。人類有許多矛盾情緒，可能是同情與厭惡、喜愛與悲觀、脆弱與沉著，所以故事中的人物應該也一樣。這些細節就是能讓觀眾感覺到人物是「三維」（立體）而不是「單維」（無趣）的原因——「三維」、「單維」是常被用來評論角色的詞彙。

在某些文本、某些角色中，是否有單維人物存在的空間呢？或許有。畢竟不是每一個角色都必須以如此複雜和具深度的方式來處理。但對於重要的角色，如果能讓觀眾感受到該人物身上的複雜人性，以及與自己某種程度的相關性，就會讓人覺得這個故事更加豐富、有趣和真實——就算該角色可能與自己有極大差異。

【戲說電視劇】

當我們同在一起

電視劇跟其他故事類型在運作上都有相同的限制，即任何事情都必須看似「真實」。無論核心情境有多麼「脫序」（殭屍、外星人、吸血鬼或其他科幻物質），一部好劇的相關人物在處理事情上，必須是合情合理且容易讓人接受的。

同樣的原則也適用於電視劇集。雖然在看前提時可以先暫時讓想法脫序，但作者必須在試播集和提案一開始時就先清楚解釋想法，好讓人容易理解與接受。雜亂無章的概念是作者最大的敵人。我們的目標是要讓觀眾迅速融入，如此一來，他們才能放鬆投入劇中人物的處境及故事問題，然後才能帶出劇集所要處理的主要困境。

電視劇需要的另一個條件是「可信度」。因為電視劇的故事情節圍繞著劇中人物發展，角色之間會有必須共同面對的特定問題，需要有一個可信的、根本的原因來解釋為什麼他們會不斷出現在彼此的生活中，並且無止盡的受到相同事物影響。

這看起來似乎是想當然耳的事情，但如果沒有一套合理的解釋機制，劇集想法就會被困住。如果固定的人物班底都在同一處地點工作，或是屬於同一家庭、住在一起（或關係親密）又或是經常在一起的好友，那就有充分的理由了。

但如果沒有呢？

如果不是基於同事、家人、鄰居或朋友之間的關聯性，就很難確保角色之間能持續互動且共同面對相同問題。一部劇至此就容易四分五裂，變成是不同的劇，有不同的人在處理各自的生活問題，鮮少與其他角色有互動機會。這種劇集的表現往往不會太精彩。

作者有時會把故事人物設定成不會固定出現在某一場景中——他們可能是在特定產業、特定城市，但工作地點都不一樣。他們可能有某些共同經歷，但如果彼此不是朋友、家人、鄰居或經常在同一處工作，這些場景與情節該如何將這群人聚在一起、成為一個有凝聚力的團體呢？

就算故事人物都住在同一棟樓裡，如果沒有公共空間，又不是超級好友，他們就不具備電視人物通常需要具備的條件：強迫共存（並處理因此而衍生的衝突）。這也是為何很難把場景設定在大學的原因之一。相較於中學生，大學生的移動自由度較高，容易拉開與其他人的距離——前者基本上每天看到的人都一樣，在學校面對相同的同學和老師，在家裡看到的是一樣的家人，學校吃飯的餐廳就那一間，家裡的晚餐也都在同一張桌子上。對青少年來說，他們無處可逃。這對電視劇（或喜劇）來說是再棒不過的條件了。

如果劇中固定班底不是基於現實的合理情況，而不得不定期身處在同一處地點，這個節目就很難做下去。大部分的劇集都需要有固定人物互動及處理衝突。即便是辦案劇，要處理的問題是「案件」，而不是其他故事人物，因此他們也會有一定的相處時間。

當一部劇的場景主要設定在工作場所（或角色人物每天必去之地），衝突的主要來源往往出自於這群被迫待在一起的人物身上，處理與對方在互動上的問題，電視劇或喜劇的重點就是這些不斷上演的衝突關係。同樣的，關於家庭的劇集，重點會擺在家庭內部的衝突。因此，前提的核心就是要以可信的方式將故事人物放到彼此可預見的未來生活之中。

這種對親密無間和人際互動的需求，解釋了喜劇中通常會有「古怪鄰居」的原因，而且劇中鄰居出現的頻率似乎比真實生活中還高。或是一群朋友一直在一起，一起出去，似乎不用工作，也不用分開或獨處。

即便是把場景設定在單一職場的劇集，也會遇到這個問題，因為在許多公司裡，員工之間不見得非常親近。以百貨公司為例，如果員工的工作無法固定出現在另一人的工作之中時，這戲就很難繼續演下去（購物中心就更分散了）。這就是為什麼以小辦公室為出發點特別適合——大家的辦公桌確實都排在一起。這種有限制的場景設置往往會引發某些人際衝突的劇情，也是電視劇最喜歡的效果，這種做法會比讓人物分散各處、找不到必須互動的理由好許多。

自由通常不是我們想賦予人物的東西。一般來說，用挑戰把一群人圈在一起，會讓劇情更吸引人——就算是因為無法逃離彼此，一樣也能讓觀眾想繼續看下去。

「可信度」檢查表

如果你的想法能滿足以下五點，那就應該夠「可信」了：

1. 當人們讀到或聽到我的故事梗概時，他們能立刻了解所有內容，並且願意接受。
2. 有一定可信度的人物在情況當下，其特質、決策和行為看起來都非常真實。
3. 背景故事和「世界法則」非常簡單明白，容易掌握，在一開始就解釋得清清楚楚。
4. 每個人行為背後的動機都非常清楚、合理，並且能讓人找到相關性。
5. 前提中主要的娛樂「鉤」雖然有些不可思議，卻能讓人覺得真的可能會發生。

第

六

章

生命轉折

Life-Altering

經歷一連串夠大、夠虐的考驗之後，終於蛻變成長，
這是故事鉤人心魂之處——對故事人物及觀眾都是如此。
因此，出色的故事想法必須聚焦在足以改變生活的高風險事件上。

「有哪些風險？」

這是職業讀者在考慮故事想法時首先會提出的問題之一——無論是在心裡想或大聲說出來。他們在評估的是：「為什麼觀眾會在意？」因為他們知道，除非有某件具有風險的大事能挑動神經，否則觀眾很難投入情緒。身為作者，如果無法讓觀眾投入情緒，不願意再看下去，或者不看好他們眼前的作品，那就什麼都沒有了。我們必須端出能夠吸引觀眾注目的事情，使其上鉤，讓他們打從心底**關心**到底發生什麼事。

如果有一個能讓觀眾產生相關性連結的主角，正以一種可信且原創的方式在受虐，我們的方向就對了。但如果主角試圖達成的事情還不夠**重要**，觀眾則會興趣缺缺。**故事中發生的一切都必須有重點——即這段旅程值得參與的原因**。這意味著最終結果是有風險的，也代表對觀眾所關心的主角或其他故事人物的未來具有巨大影響，結果可能極好，也可能極壞。如果一開始沒有清楚說明，就很難讓人願意投入時間與精力去欣賞我們的作品。

有時風險之高是很明顯的，例如生命受到威脅。但在許多的故事想法中，如果沒有達成目標的話，情況會如何惡化、失控都說得不清不楚——如果可以做到的話會更好。我說「如果」，是因為潛在的負面風險往往是最吸引人且最重要的。如果失去的越多，觀眾同情的空間就越大（舉例來說，一個可能被殺害的主角會比一個贏很多錢的主角來得更有吸引力）。大多數成功的電影會結合正面與負面風險，意味著情況有可能變得比當下更糟，但若以快樂的結局收尾，主角不僅得以避開風險，事情也會變得比以前更好。

幾乎所有類型的故事都與人生巨變有關——一生一次的挑戰、一切都在危險之中。當內、外同時出現危機，外部風險是基本生活將會遭到改變，而內在風險則是主角對生活及自我感覺產生變化，還有他們未來將會採取的態度。在好的故事裡，生命中的這些面向將會「被改變」。

但外部改變會先發生，尤其是在銀幕上，畢竟要在銀幕上深入探索主角內心思緒的難度更高。真正能在一開始就抓住觀眾（和職業讀者）的是達成故事目標的重要性，是主角為了自己和或其他人物的快樂人生，在「外部」生活、人際關係及整體處境所需面對的挑戰。

風險通常與人物之間的人際關係和衝突有關。主角想從他人身上獲得的多半和現實有相當大的差距。為了讓現狀好轉，他們需要別人改變看法和行為模式。而大多數人的人生不也如此嗎？我們認為問題多來自於他人並未以我們想要的方式相待，包括在金錢、職業、親密關係、受歡迎程度等各方面。

正如同《隨身變》或《夢幻成真》裡，即便電影中創造出包含所有問題的神奇場景，但所有隨之而來的挑戰無可避免都是圍繞著人際關係打轉。

內在風險是不夠的

在一些小說和舞臺劇中，或許會把所有的衝突和風險都以演員的內心世界呈現，但在多數的商業小說或戲劇（還有在銀幕上的所有作品）裡，主要的風險都必須出現在人物的外部生活當中。或許過程中會出現具有意義性的內心變化及成長，但真正能讓觀眾投入（並讓業界守門員感興趣）的還是外部風險，而這才是故事梗概、大綱和提案應該要注意的：「這裡需要解決的外部問題與挑戰是什麼？」內在弧（internal arc）是可以簡單帶到，但首先也是最重要的是提出巨大的外部風險。在以下兩段故事梗概中，你對哪一段較感興趣？

一隻過度保護兒子的小丑魚爸爸，把兒子送到茫茫大海中學習成長時，牠必須學著放手，學著相信兒子。

當一隻小丑魚的兒子被漁船上的人類帶走後，小丑魚爸爸展開了穿越海洋的冒險之旅，在幾乎毫無線索的情況下，想盡各種辦法找回兒子。在此同時，兒子發現自己被困在牙醫診所的魚缸裡——在看似死路一條的情況下，牠要放手一搏，努力逃生。

《海底總動員》（*Finding Nemo*）就具備上述所有條件：內心旅程是兒子的獨立與父親的放手，外部旅程則是要找到並救出兒子。但真正刺激且能吸引觀眾的是後者，內心旅程只是增加深度。當我們在定調某想法時，有深度的內容不見得能吸引觀眾。什麼樣的外部風險與行動能讓故事挑戰變得有趣，才是觀眾想看到的，也是審閱劇本者在思考的事情。深度很棒，但首先要有外部風險。

最大風險
就是生死一線間

最大的風險莫過於「生與死」。如果生命明顯受到威脅甚至瀕死，作者的工作就變簡單了。如果有人要死或快死了，沒人會說這種風險程度不夠高。或許這就是為什麼有許多成功的故事都以生死作為風險類型，甚至有些作者和電影製作人**只**做有生命危險的項目。在有關戰爭、太空冒險、重大犯罪或搶劫、自然災害、超級英雄、怪物的相關故事中，都會涉及生命危險的內容，還有在驚悚片、恐怖片或動作片中的情節也脫離不了生與死。

我估計市面上製作或出版的故事中，無論是核心問題，還是主角力阻、預防或尋求正義的過程，應該有半數都涉及生命受到威脅或死亡。如果不加上喜劇片（不可能以生死為核心風險），估計超過一半以上的作品都脫離不了生與死。為什麼？有個不錯的答案：因為要讓數以百萬計的陌生人真正對故事內容「上鉤」並不容易，如果用死亡、搶救生命或阻止殺手行凶來連結故事內容與觀眾，會比較容易引起興趣。

受威脅的人物越多，風險程度就越高——假如所有人類都將遭到滅絕，就風險程度來說，應該算是到頂了。但即便是為個人生命而戰的故事，其風險程度也比一部無人受到生命威脅的電影高多了。不過，我要提醒大家，「為某人生命而戰」的故事，需要主角以具有娛樂性的方式主動對抗所有反對力量，而且無論希望有多麼渺茫，都要有成功的機會。對抗疾病就不具備這樣的可能性——除非焦點是擺在英雄式的醫生，而不是病人。如果主角本身或他所愛的人快死了，而且能做的事情已經不多，這簡直是站在娛樂性的對立面，是往「乏味」靠攏，而觀眾不會想看「乏味」的東西。

在偵探故事中，通常一開始便已經有人死了，所以不算是在故事中有人的生命主動受到威脅。但是會有逍遙法外的凶手，而正義必須得到伸張，因此風險程度仍高。在犯罪驚悚片和電視連續劇中，會安排謀殺（或綁架、虐待）案多是有原因的，因為風險夠高。如果只是要將竊盜犯、貪污犯或沒有殺人的罪犯繩之以法，這種劇情很難留住觀眾。在現實世界中，如果這些事情發生在我們自己或所愛之人身上，當然會非常關心，但在故事的世界裡，我們觀賞是有一定的娛樂目的，如果要阻止或解決的犯罪情節不夠重大，觀眾願意投入的可能性就會降低。如果只是受傷或生病，只要情況不嚴重，就難以像失去生命那樣引起高度關注，而且若無冒著生命危險、置之死地的情況發生，也難以帶給廣大觀眾刺激感。

但我要再次強調，生命受到威脅的表現方式不能只是以潛在風險來呈現，或是只在高潮時才有危險。舉例來說，在動作片或恐怖片的劇本中，關於生死風險的動作和恐怖劇情一定會貫穿全劇。沒錯，風險應該是要一步步累積到最後一幕的高潮點，但如果這個最大風險撐不到那個時候，故事想法中的「風險測試」評估也就過不了關。正如我們在〈第二章・受虐度〉中所提過的，這是劇本中非常常見的問題——不夠大，缺乏足以支撐到電影結束的高風險挑戰，或是雖有潛在的生命危險，但缺乏對生命的主動威脅（或死亡）。

另一個常見的問題是：故事中出現的風險都不夠大，但突然出現的生死交關卻驟然改變了文本調性和類型。這會讓人覺得先前所讀、所關心的事情突然變得毫無意義。當生命受到威脅時，如果問題沒解決，沒人會有心情在意別的事情，也沒有任何事情能比眼前的生死更重要、更值得他們投入時間與注意力。

心理學家亞伯拉罕・馬斯洛（Abraham Maslow）的需求層次理論可以解

釋這一點。生存是一切的基礎，在金字塔的最底部。如果生存受到威脅，其他層次的需求，如愛、歸屬感和目的，都不用想。因此，滿足生存條件是首要之務。在故事裡也一樣。「死亡風險」是一項有力的工具，必須謹慎處理。如果要端出這道菜，從頭到尾就得有這個味道，也不要讓觀眾把焦點放在某些低風險的事情之上。

假設我們能避開這些陷阱，生死風險就能讓作品符合故事想法中七大關鍵要素之一的「改變生活」。有什麼能比失去生命更能改變生活呢？沒有吧！

生死之外的其他風險籌碼

如果我們在寫的文本或故事場景沒有涉及生命危險的問題呢？大部分作者想寫的故事往往不會涉及生死，通常以劇情類或喜劇居多，也就是人物遇到麻煩，但不會有死亡之虞。那麼，該如何處理呢？

首先，我們必須要確保檯面上的問題夠大。好消息是，沒人會期待在喜劇或劇情片中看到生死掙扎的場景，以及令人心跳加速的動作與懸疑感。但如果要讓觀眾融入故事，就需要某個夠大且符合文本特色的問題出現。

還有什麼大事能與「生死」相比？

好的故事想法會聚焦在以一種龐大且不可逆的方式來改變人生（或是如果達成故事目標，就能得到更好的生活）。

理想狀態是：如果主角（或許再加上提供協助的旁人）的生活打從根本被摧毀，那麼他們得到快樂、成功及渴望的生活就都處於風險之中了。

許多成功的故事都會將以下得失作為風險籌碼（依風險高低排列）：

◎一、生命本身

如同之前討論過的，這範圍可大可小，從全人類的性命（例如《世界末日》）到個人的生死（例如《地心引力》）。

◎二、恐怖犯罪的正義伸張與預防未來犯罪

涵蓋了所有調查犯罪的故事類型，像是有人被某種恐怖的方式殺害，如《四十八小時》（*48 Hrs.*）、《索命黃道帶》（*Zodiac*）、《唐人街》（*Chinatown*）等；或有人被特殊的方式傷害，如《驚爆焦點》（*Spotlight*）、《永不妥協》等。在理想的情況下，看英雄（們）擺脫困境會是一件有趣的事情。

◎三、自由或個人自主性

觀眾覺得故事人物被困在非常糟糕的情況中，因而支持他們逃脫或解放。這包括涉及重大情節者，如《自由之心》；或是較輕鬆、偏喜劇版的「奴隸」，如《上班一條蟲》（*Office Space*）；或介於兩者之間，如《飛越杜鵑窩》（*One Flew Over the Cuckoo's Nest*）。

◎四、回歸家庭或生活的方式

涵蓋範圍包括讓故事人物安全返家，如《綠野仙蹤》（*The Wizard of Oz*）、《海底總動員》和《落難見真情》（*Planes, Trains and Automobiles*）；或是破壞故事人物珍惜的生活狀態，如《亂世佳人》（*Gone with the Wind*）、《玩具總動員》（*Toy Story*）、《窈窕奶爸》（*Mrs. Doubtfire*）。如果換成是觀眾在這些事情上受到威脅，就情緒上來說，跟失去生命應該沒有兩樣，不是嗎？

◎五、與理想的生活伴侶快樂迎接未來

在任何故事中，觀眾最想支持的就是一段能開花結果的關係，但我們打從一開始就得設下障礙，讓故事人物突破重重難關，最後才能在一起，而且「障礙」必須是來自外部——不能僅是主角內心的困境。這必須是一個讓人束手無策的重大理由，例如其中一方是吸血鬼或美人魚；或是一方已經有婚約；或是雙方家庭水火不容；或是雙方在某方面是對手，甚至是死敵。

正如《先讓英雄救貓咪》在描述這種故事類型（書中稱之為「夥伴之

情」）時所說的，得讓觀眾先看到這兩個人是真正適合對方，而且如果他們最後不能在一起，就從此失去幸福快樂的機會。劇情風格可以從嚴肅且戲劇化的《斷背山》（*Brokeback Mountain*），到輕鬆詼諧如《婚禮終結者》（*Wedding Crashers*）。

◎六、贏得更好的職業生涯與未來發展

這有點弔詭，因為如果故事**只是**關於某人的功成名就，似乎無法讓觀眾感到足夠的「高風險」。單靠工作的問題很難打動觀眾，因為工作是可以替換的。即便故事中的人物為了追求理想工作極盡所能，但若唯一的負面風險就只是無法得到理想工作，那麼其實許多人也都有類似經歷，而且大家依然活得好好的。

要讓職業風險發揮作用，角色人物就得先面臨諸事不順，而他們的未來與幸福都將取決於某「工作」的成敗與否。他們通常是在職場上有所追求卻遭到打壓，並且在生活中受到不平等的對待。以「工作追求」為風險的故事比較

少，例如《當幸福來敲門》（*The Pursuit of Happyness*）、《上班女郎》和《征服情海》。

◎七、用犧牲換取足以改變一生及定義自我的重要獎項

這種內容經常在「運動電影」中出現，例如《豪情好傢伙》（*Rudy*）、《洛基》（*Rocky*）或《少棒闖天下》（*The Bad News Bears*），劇中所要達到的目標將對主角和其他人產生深遠的影響，讓觀眾覺得如果主角能成功的話，他們的一生將會因此變得更好（失敗的話，可能就一輩子萬劫不覆）。重點或吸引人之處並不在於贏得比賽與否，而是背後所代表的意義，以及主角（和其他隊員）在運動背後所要面對的阻礙。《四十處男》中，主角要在最短時間內找到對的人獻出第一次，才能迎向更美好生活，所以也可以歸為此一類型。

◎八、突破困境得到幸福的機會

這是另一種容易被濫用或誤會的情形。所有角色和所有觀眾都想得到快

樂，而快樂是一種內在狀態，甚至是內心選擇，若要以此為故事風險且想奏效的話，必須將角色的心境在某種程度上外顯，讓觀眾看到故事人物唯一得到幸福的機會受到阻礙。比如讓人物的生活情況或人際關係大受打壓，促使觀眾想要看到他們得到幸福的轉機，例如《凡夫俗子》（*Ordinary People*）、《尋找新方向》（*Sideways*）或《腦筋急轉彎》（*Inside Outs*）。請注意後者是如何將內部問題外顯。

轉變失利的原因

在故事中已經一再出現上述風險，但有時仍讓人覺得劇情裹足不前，是因為內容的風險尚未達到下列標準，也就是風險程度不夠高。

◎一、主角的成就不足以大幅改變生活

我們想要看到關心的對象因克服困境而大幅改變自己或旁人的未來——結果可能更好，也可能更糟。因此，無論主角為達成目標面臨了多大的困難或耗時多久，若沒有出現重大改變，不免讓人悵然若失。發生什麼改變才是最重要

的——並不是成就本身。

◎二、僅是工作或事業的成功

如果沒有面對更大的危機，僅僅是工作／財務上的成功，是很難打動觀眾的，甚至可能被視為是淺薄或自私的表現。**除非這是足以改變一生的重要工作，而且絕對無法在其他地方獲得。**

◎三、學習改變個人的心態、信念或特質

問題在於內心戲太多，但若能與外部的高度風險結合，也能發揮效果。

◎四、缺乏凝聚力「任務」的大場面軍事戰役

戰爭故事最好是聚焦在特定任務，讓觀眾看到明確且重大的風險，或是在戰爭中付出生命代價的個人故事。如果是一連串的「歷史單元」，或關於一系列的戰役電影，或戰爭中的大小戰役，所帶來的刺激感都難以引起觀眾的情感共鳴。

◎五、未涉及重大改變之過於普通的快樂

快樂始終是每個人追求的目標，但觀眾想看到的是故事人物在追求目標的過程中如何克服外部的重重困難。若主角內心追求快樂的狀態或選擇太過模糊，便難以用戲劇化的方式呈現並支撐整個故事。

◎六、內心的決定或內在成長

梗概有時太過專注於人物「必須決定」、「必須學習」或「必須變成」的目標。這些都是內在的。儘管故事人物內心必須要有所成長才能面對故事中的外部挑戰，但故事想法的核心終究是關於外部挑戰。任何內心的「必須」都得伴隨（先前提過的）外部挑戰。

◎七、一個無法取得同情的角色，變成更好的人

正如我們在〈第三章・相關性〉中曾提過的，就算故事人物最後會有所改變，但一開始就無法引起同情共鳴的角色，很難讓觀眾願意關心、想要繼續看下去。

人物轉變進程中必須注意的事

「改變生活」，意味著主角為了解決故事的核心挑戰，必須先經歷一些事情。我們之所以需要一個夠大、夠虐的外部困難，有一部分原因是這樣才能迫使主角跳脫舒適圈，進而接受考驗、成長，然後打從根本進行改變。經歷過挑戰的他們勢必會有所改變，不再是原來的自己。

這也是為何他們所面對的挑戰必須有其**獨特**性，甚至可能是一生一次的機遇，並藉此激發出先前從未想到的個人潛能。故事人物通常身處在陌生的世界或環境中，是個試圖擺脫困境、不折不扣的弱者。

故事內容肯定不是普通生活，主角也不會用平常的處事方式。故事是關於主角在別無選擇下所經歷的不平凡遭遇，是某件緊迫且具影響力的事情正在發生或已經發生，而主角眼前只有一條路可走。

英雄人物一開始通常是不情不願的，因為誰都不想要自己的生活出現重大改變和阻礙，更別提結果還充滿不確定性（而且故事發展看似最後會導向失敗）。人們都有一定的惰性。我們或許對目前的生活現狀有所不滿，甚至感到挫折，但不代表我們願意為此冒險改變。故事的主角們也一樣。他們的世界必須經過某些顛簸，甚至徹底顛覆，才迫使他們放手一搏、接受挑戰。這正是「觸發事件」的功能。

在故事的新世界裡，主角的問題在於用習慣的方法做事，以舊有的思維看待世界與自己，而這樣是行不通的。不過這種情況不會持續太久，因為故事發展會強迫他們做出改變。事實上，這正是許多故事的重點所在。故事中所經歷的點點滴滴會從內而外改變主角，如此一來，在故事尾聲時，這些人會變得跟一開始有所不同，而且多是令人滿意的改變，讓經歷的一切都變得值得。觀眾與故事人物一同經歷風風雨雨，甚至在目睹劇中人物的正向改變後受到啟發。

在大多數成功的劇本中，主角的成長是因為在故事一開始就受到限制——但只有故事的外部挑戰能迫使他們改變。故事人物就跟我們多數人一樣，沒到別無選擇前，誰也不願意去質疑或改變內心想法。即便是有很大成長空間的角色，也不會把「內心成長」當成是故事發展的主要目標。事實上，對於增加的壓力，主角只會更想反抗。一開始會以治標不治本的方式解決問題，但起不了任何作用，因此我們會看到故事人物經歷一次又一次的失敗，在四分之三的故事裡，主角幾乎是永無翻身之日。

故事進展到最後的四分之一時，主角只剩下唯一一次能奮力一搏的機會，而這次通常會涉及個人的某些轉變與成長，是一種會跟隨他們一輩子的改變。這也正是故事震撼人心之處——對故事人物及觀眾來說都是如此。

【戲說電視劇】

無法滿足的需求與想望

我認為一個好故事所要描述的是從此改變主角人生的重大事件。這一點普遍適用於電影和小說。對電視劇來說，如果把每一季的每一集都貫穿起來，也傾向如此。但是電視劇中的「故事」要以更小的單位來思考，也就是指每一集呈現的小故事。在這些小故事中，不會有人永遠擺脫不了困境（除非是劇中的固定班底不斷有生命危險）。

但這不代表每個角色在每一集中所面對的問題不夠重要。這些問題絕對重要。對劇中人物來說，這是他們在一集的長度中所能想到的一切，通常也對他們自己和生活（或是保持幸福、健康）至關重要，是他們認為**必須現在**解決的問題。

只不過在電視劇中，每一集所解決的問題尚不足以大大改變人物的生活，而是將他們帶回到正常的生活狀態，也就是每一集的開始與結束——這並不全然是我們想要的人生，但當下也沒有什麼重大危機。

劇中人物想要得到某些他們無法擁有的事物，但在劇集中，無論看似多麼重要的東西，他們始終都得不到。每個角色的人生都有根本上的不滿足，也都有一個遙不可及的夢想——但他們會不斷嘗試，以特定方式一小步、一小步前進，這也就成了每一集的焦點。

這些「達不到的想望」通常起源於人類的某些根本欲望或需求，而這也正是讓一部電視劇持續下去的原因。每個角色用每一集的時間，一點一滴去追求那些他們想要卻達不到的目標。過程之所以吸引人，就在於劇中人物在某種程度上受到周遭世界的圍攻，無法將心中想要的生活牢牢握在手中。

以《大家都愛雷蒙》（*Everybody Loves Raymond*）為例，雷想要的不外乎是好好看運動節目，跟老婆隨心所欲的做愛，不用當衝突的夾心餅，也不用一直提高當好爸爸和好丈夫的標準。不過，他的妻子黛布拉想要的是一個能懂她、幫助她、跟她站在同一陣線、為她擋住惱人公婆的丈夫。但兩人都無法過上各自想要的生活，這也就是本劇所要描繪的故事——理想與現實之間的衝突。該劇所有的故事都是以此為出發點。

在電視劇中，某些角色確實是有謀殺案要破解、有病人要治療、有案件要辯論、有殭屍要消滅，但在大多數的戲劇（尤其是喜劇）中，每一個重要的角色都有無法達成的想望，並以此作為驅動故事的動力，牢牢抓住觀眾的情緒。

大部分的情節都是關於故事人物繞著核心欲望打轉，追求能讓生活變得更好的事物，以及克服生活中的困難。在理想的情況下，觀眾可以理解並與劇中人物想得到的目標做連結，享受觀看他們每周追求的過程。

通常這種「想望」是故事人物生活中最大的願望，事關主角經歷什麼樣的對待、在社會上的處境，以及最基本的生活情況。這種想望通常會超越工作、人際關係或可掌握的目標——雖然某些時候的劇情內容會著重在某些比這更小的事情上。通常是關於愛、歸屬感、尊重、自由或成功的人生選擇。這是關於生活的可能性，還有他們希望生活所呈現的樣貌——如果他們能看見想要的生活、得到最想要的人生。

在構思劇集想法時，要找出一個對每個重要角色都是最困難、最具挑戰的核心事件——一種他們永遠得不到的人生。因為得不到，無論是哪種故事類型的人物，通常都不會快樂。他們或許有片刻的滿足與決心，但更多時候是痛苦與掙扎，並且不斷把重點擺在生活對自己不好、受挫的一面。他們的「風險」全都是關於得不到的想望。

但與電影、小說或話劇角色不同的是，電視劇人物永遠無法解決問題或改變什麼，否則節目就沒戲唱了。任何劇集的核心都是圍繞著不斷發生在人物身上的問題打轉——而且在理想情況下，有一個大家都無法逃避的大問題。電視劇集內容中能改變的事情有限，因為難題必須一直跟著故事人物發展，一集過了又一集，這正是焦點所在。

「生命轉折」檢查表

如果你的想法能滿足以下五點，那就應該算具備「生命轉折」了：

1. 故事問題的風險程度整體符合本章所列的風險項目之一。
2. 角色人物的主要問題、目標和行動都體現在外部生活，而不是藏於內心世界。
3. 風險完整貫穿整個故事，不是在最後半小時或十五分鐘才出現。
4. 失敗可能帶來的負面後果非常清楚，風險不斷增加，並且與人性本質有一定的相關性。
5. 對主角而言，這是一輩子只有一次的機會，因此不得不思考打從根本做出某些改變（在劇集裡，每一集的故事都與此挑戰相關，但角色改變有限）。

第七章 娛樂性

Entertaining

無論何種故事題材，都需要創造出觀眾內心渴望經歷的情緒，
那是他們參與這故事所期待得到的。
拿出觀眾想要的「糖果」吧！這是作者的重要任務之一。

「娛樂事業」之所以稱為娛樂事業不是沒有原因的。當作家能以收費寫作為生，就是因為他們知道該如何娛樂觀眾。他們作品中持續出現的娛樂性，讓觀眾願意付費體驗。

聽起來很簡單，對吧？但許多作者一開始都不會把娛樂性當成重點處理，而是專注在其他要素上。其他要素或許重要，但如果沒有高度的「娛樂」成分存在，其他要素無論多麼重要，亦難讓一部劇作成功賣座。

娛樂性與文本類型息息相關。觀眾之所以收看特定類型的影片，是因為期待從中獲得特定的情緒體驗。他們想開懷大笑、想驚恐、想感動、想天馬行空、想看壯觀的動作畫面、想融入在神奇的科幻世界當中。作者的工作之一就是找出應該提供哪種「娛樂」，然後有效地呈現給觀眾。

從觀眾的角度想想，是什麼原因讓人願意花錢買故事？是什麼東西驅使觀眾願意掏錢購買百老匯音樂劇門票、看電影或訂閱HBO、Netflix平臺上的節目呢？又是什麼促使讀者願意把時間用在看小說上呢？

通常是因為想要被娛樂。觀眾認為花錢購買該故事能讓他們在情緒上有所享受，於是決定將寶貴的時間、金錢和注意力投入在某件事情上，期待能得到回報。他們是某件作品的消費者——跟購買其他產品並期待得到特定效果的消費者並無不同。

因此，如同其他企業一般，作家也希望擁有廣大且樂於消費的顧客群，而要抓住顧客的心，就得提供他們所尋求的價值。

但要做到並不容易。一方面是觀眾並不會直接說出他們想要什麼。在菜沒端上桌之前，他們鮮少知道自己是否喜歡。他們可能會說以前喜歡什麼，但身為作者不能只是重複或複製過去的東西，然後期待得到一樣的效果。

作者得先確定這個項目能娛樂觀眾，是觀眾會喜歡的東西。如果作者想要創作出最佳、最真實且最具影響力的作品，無論是何種類型的文本，都必須要有真正的熱情，而且必須能取悅受眾。如果作者自己沒有先愛上作品，其他人是不可能會愛上的。而最終，作者也要帶給陌生人特定的情緒體驗。說白一點，就是要操控觀眾的情緒。

大部分作者一開始並沒有想要操控觀眾情緒，甚至沒想過要娛樂觀眾。許多作者一開始都不是從娛樂性著手，而是寫些沒有動作性、懸疑感、喜感或其他明顯娛樂成分的戲劇。事實上，他們經常是以寫實的方式記錄下平凡的生活。

如果可信度是重點，這麼做也許不錯。正如之前提過的，如果作者為了娛樂性而犧牲「真實」，最後通常都要付出代價。但如果故事滿足了真實性就畫下句點，作者可能也會與作品大賣的可能性擦身而過——因為他們還沒有真正盡力去娛樂觀眾，也沒有讓觀眾有足夠的理由願意付費觀賞他們的作品。

幫助觀眾暫時逃離現實

所謂娛樂觀眾，就是以某種方式幫助他們暫時脫離生活常軌，帶給他們某些有趣的情感昇華——同時也深深投入到某人的生活一段時間。成功的故事通常會找到某些方式將觀眾帶離「真實的日常生活」，讓他們待在一個能夠享受身處其中之趣的世界裡。

看到一部喜歡的電影、電視節目、書籍或話劇就像得到糖果一樣。人們身處其中會感到**喜悅**。消費會帶來喜悅，甚至是一種罪惡的享樂感。最神奇之處在於，當一個人沉浸在故事中，那感覺是如此美好，遠遠超越日常生活中的一切。正常的生活和時間彷彿停止了，甚至當故事結束，或者不得不停止觀賞或放下書本時，油然升起一種悲傷的感覺。我們以前都有過這種感受，或許這就是為什麼有人想當作者的部分原因——想創作出對他人有正面積極影響的故事。

這意味著故事內容必須超越自己感興趣的東西。有趣固然很好，甚至有其必要性，但這樣還不夠。誠如前文所言，不僅要寫出一個有趣的故事，更重要的是具備強烈的情感投入。

無論我們的故事多麼「有趣」，那也只不過是讓觀眾願意消費的一小部分原因。觀眾尋找的是能抓住他們情緒的故事，帶領他們去感受有趣以外的情緒狀態。事實上，只要能取悅觀眾，「有趣」與否並不是那麼重要。

具有高度娛樂性就是一張王牌，從商業角度來看，更是遠勝其他六大要素。如果一部作品能大大取悅夠多的觀眾，那麼所謂的原創性和意義性就可以有所妥協。如果夠細膩的話，甚至能在可信度上超越多數作品。而如果故事情節能持續引人入勝，那麼觀眾是否深受特定角色的吸引也就沒那麼重要。或許另一個必須滿足的要素是「受虐度」，因為如果沒有持續對故事人物施壓，娛樂性就很難呈現。由此看來，娛樂性與受虐度似乎是缺一不可。

但我不是說這樣就可以不必認真考慮其他五大要素的存在，或是假設一部作品只要具備足夠的娛樂性就能超越一切。能夠成功的好故事——包括能讓默默無名的作者一舉成名的故事——通常都會全盤滿足七大要素。

觀眾想要什麼？

要娛樂大眾的意思，並不是指說出讓觀眾找到相關性且能深受吸引的故事，甚至對故事人物的經歷感同身受就好。這樣做很好，也有其必要性，但仍不足以讓一位作者成功。

其實，觀賞（或閱讀）故事應該是一段愉悅的過程，持續關注當中的人物、動作、活動、視覺、聽覺等各方面都應該是一種持續的享受。

但娛樂性並不僅是因為體驗的過程很愉悅，應該還要帶給觀眾在該類文本中所應感受到的情緒狀態。事實上，當觀眾消費某個故事時，他們對特定的情緒體驗是有所期待的。換句話說，如果觀眾看的是一部喜劇片，卻無法開懷大笑，他們就會很失望。如果是驚悚片，觀眾就希望從頭到尾都能感受到恐懼和緊張。每種文本都有觀眾在尋找的情緒「衝擊點」。

但是在追求娛樂性的背後，不代表每一種強烈的感受都是觀眾想經歷的。例如不會有人想付費來感受絕望或罪惡感，而且看別人處理金錢問題、醫療問題、爭吵糾紛或其他現實生活常見的各種事情，通常都毫無「娛樂性」可言。觀眾消費故事就是為了跳脫現實，想藉由故事的刺激去感受不同的「娛樂」情緒，以下情緒可以混合搭配、互相重疊：

◎一、興味

大家都喜歡笑，而各式各樣的喜劇也是各類媒體的主流。但當人們在觀看喜劇時，他們想要的不會是隔三差五才出現一次不痛不癢的笑點。觀眾想要的是歡笑，最好是開懷大笑，越多越好。這才是重點，是讓觀眾願意看下去的關鍵。如果作者無法在喜劇中努力實現這一點，而是採取溫和路線，那麼就得確保故事中能提出其他更強烈的情緒刺激，以此作為補償。

沒有努力讓觀眾發笑是許多作者都會掉入的陷阱，因為他們覺得這樣很蠢，因此他們會稱自己的作品是「劇情類喜劇」，並表示自己的作品有一定程度的劇情且不失幽默。這一招有時候是管用的，但多數的此類劇本並沒有足夠的點能真正令人發笑，同時也缺乏真正的戲劇情境、場景與風險來補償觀賞喜劇應有的感受。

◎二、恐懼

正如坐雲霄飛車或萬聖節的鬼屋探險一樣，故事是一處可以安全體驗恐懼與緊張感的地方。有時看別人身歷險境，而我們不用冒險卻能有相同感受，這對許多人來說都是非常有吸引力的事情，尤其是在故事結尾能找到解決之道——讓恐懼的根源消失，而觀眾關心的角色得以倖存。

◎三、著迷

要讓觀眾真正迷上眼前的故事並不容易，通常需要呈現出某些具有真實情感的東西，要有真正的風險和壯觀的場景，才能讓觀眾目不轉睛。故事要有能讓觀眾迫切想看下去、想一探究竟的內容。當故事的發展超出日常生活認知，跳脫經驗範圍，加上要解決的事情看起來真的很重要，觀眾就會著迷。但請記住：有些事情是**有趣的**，但不代表能令人**著迷**。著迷是一種更具主動性、情緒性、針對性且極端的狀態。

◎四、震驚／離譜

故事中令人震驚的曲折起伏會引起觀眾注意，充滿狂野和不可預測的人物與事件也一樣。具有娛樂性的故事，往往是在探索超出人們正常理解範圍的脫序情境和角色。只要內容具有可信度，並且與故事核心問題有一定的相關性，觀察劇中人物與發生的事件就不失為一件有趣的事情。

◎五、慾望／情慾

人們在觀賞美麗人物的言行舉止時，會激發出某種程度的慾望不是沒有原因的。假設一部電影只想用純粹的慾望來娛樂觀眾，人們可能會覺得在看色情片。請認真想想觀眾對特定演員演出特定角色的期待，這才是重點。這不是演員卡司的問題，而是關乎人物與場景的寫作，能否讓觀眾在觀看時感受到演員某種程度的基本情緒。

這方法不僅適用於人物，也能運用在物質、汽車、家庭、生活型態，甚至是景觀之上。只要能讓觀眾心想：「啊，真希望我也能那樣！」或「真好看啊！」就表示觀眾的情緒已經被帶動了。

從觀察電影預告片可以發現，透過動作、爆炸、性愛或令人瞠目結舌的視覺效果能夠操縱人們的情緒，有些預告片甚至三者兼具，可謂每個畫面都會讓人打自心底產生「慾望反應」。

◎六、興奮

恐懼會讓人心臟噗通直跳、擔心接下來可能發生的事情，而興奮則是我們覺得自己正被某種令人驚異的旅程所席捲，屏息投入眼前的事件當中。感覺就像是被帶入到某個環境中，身邊發生的每一件事情都很重要，而且讓人激動不已——就像參與一場偉大的體育賽事，全身心投入整個比賽過程。

在寫作方面，緊張感一直是我們想要帶給讀者的感受。如此一來，觀眾會深深陷入劇中的情緒與衝突之中，而所發生的一切會越來越緊張，讓人無法轉移目光。他們會繃著身體閱讀，或是想趕快看到下一頁，甚至忘記時間、忘記身在何處，徹底融入故事之中。

◎七、驚嘆

這是慾望或情慾的同伴。不只美麗的事物會讓人感到讚嘆，眼前事物的規模、挑戰的難度或角色的特質亦是如此。慾望或許會讓人驚呼想要，但讚嘆是會讓人瞠目結舌，就像首次走入威利・旺卡[1]的巧克力工廠，雙眼圓睜、嘴巴都合不攏的感覺，或像在電影《蠻牛》（*Raging Bull*）中，傑克・拉莫塔對上舒格・雷・羅賓遜的畫面一樣。它不見得是正面的，但就是會……讓人忍不住驚嘆。

◎八、浪漫愛情

如果故事重點是浪漫的愛情關係，觀眾通常會在情感上把自己當成主角之一，把主角們所經歷的一切當成是自己的遭遇。浪漫會引發強烈的情感連結，想要得到注意、了解、支持和想望——跟我們夢寐以求的對象綁在一起。在浪漫愛情故事中，我們通常會認同主角想要選擇的對象。當然，在得到的過程中必須經歷某些衝突和阻礙，但愛的感覺對多數人而言都是非常具有吸引力的。

◎九、同感或憐憫

觀眾在某些方面會與故事主角產生一定的相關性，但如果將「相關性」發揮到極致，觀眾對主角可能就會出現一種不可思議的結合，從而發自內心愛上這些人物，甚至對其經歷感同身受。這幾乎可以說是觀眾與故事人物之間的愛戀。人與人之間產生連結會是一件令人感到愉快的事情。

◎十、迫切期待

故事要為觀眾創造期待：渴望看到接下來的發展，想繼續翻看下一頁，無論如何都想一直看下去。這通常意味著要上演重大衝突，有高風險，而觀眾迫不及待想看故事發展。這也意味著陷阱會帶來驚喜和意想不到的曲折，甚至是令人震驚或超乎想像的發展。

歸根究柢，我們希望觀眾關心故事的人物與發展，當觀眾進入故事後，其他事情都不重要了。他們能徹底放下外界事物，變成故事中的一分子，而故事的後續發展對他們來說至關重要。儘管有許多事情需要處理，過程中會遇到不少阻礙和高度衝突，甚至因為主角的行動導致許多事情不停變化，造成混亂後果，而觀眾會緊張得搓手，心想：「我等不及要看**這件事**會帶來什麼後果。」以及「他打算怎麼處理**那件事**？」

最具療效的十帖娛樂良方

如果作品沒有涉及生死交關的風險，那就有一場硬仗要打了。因為從表面上來看，這部作品並沒有明顯可以娛樂觀眾的方法。這會讓人感到沒勁、無聊，並覺得「跟現實生活沒兩樣」（意味著一點都沒有放鬆解脫的感覺），甚至會有淒涼、沮喪之感。身為作者，必須加倍努力在戲劇中找出真正能抓住觀眾目光的要素，拿出觀眾想要的「糖果」。如果戲劇中沒有結合其他要素，或者不是基於過去成功的案例，想大賣可能比登天還難。

如果想讓「純粹戲劇」（straight drama）在沒有生死交關風險或偵查懸疑的前提下又能娛樂廣大觀眾，通常需要增加額外的娛樂要素。以下是十種常見的娛樂要素類型。請注意，以下三十部電影和電視劇至少會重複出現在至少兩種類型之中——意味著作者在該劇中加入了至少兩種要素。

◎喜劇元素

電視劇《歡樂合唱團》（*Glee*）
《貞愛好孕到》（*Jane the Virgin*）
《奇異果女孩》（*Gilmore Girls*）
《六呎風雲》（*Six Feet Under*）

電　影《阿甘正傳》（*Forrest Gump*）
《美國心玫瑰情》（*American Beauty*）

◎富人、美人和名人

電視劇《玩酷世代》（*The O.C.*）

《唐頓莊園》（*Downton Abbey*）

《下一站，天后》（*Nashville*）

《飛越比佛利》（*Beverly Hills 90210*）

《朱門恩怨》（*Dallas*）

《朝代》（*Dynasty*）

《這就是我們》（*This Is Us*）

《嘻哈世家》（*Empire*）

電　影《王者之聲：宣戰時刻》（*The King's Speech*）

《日落大道》（*Sunset Boulevard*）

《社群網戰》（*The Social Network*）

《阿瑪迪斯》（*Amadeus*）

《大國民》（*Citizen Kane*）

◎劃時代場景

電視劇《唐頓莊園》（*Downton Abbey*）
電　影《亂世佳人》（*Gone with the Wind*）
《王者之聲：宣戰時刻》（*The King's Speech*）
《阿瑪迪斯》（*Amadeus*）

◎重大背叛、暗箭傷人、隱匿意圖

電視劇《嘻哈世家》（*Empire*）
《貞愛好孕到》（*Jane the Virgin*）
《朱門恩怨》（*Dallas*）
《朝代》（*Dynasty*）
《玩酷世代》（*The O.C.*）
電　影《阿瑪迪斯》（*Amadeus*）
《北非諜影》（*Casablanca*）

《社群網戰》（*The Social Network*）

◎融合音樂

電視劇《歡樂合唱團》（*Glee*）
《下一站，天后》（*Nashville*）
《嘻哈世家》（*Empire*）
電　影《阿瑪迪斯》（*Amadeus*）

◎娛樂中帶有眾多壯觀畫面、衝突及情緒

電視劇《勝利之光》（*Friday Night Lights*）
《黑道家族》（*The Sopranos*）
《六呎風雲》（*Six Feet Under*）
電　影《辛德勒的名單》（*Schindler's List*）
《阿瑪迪斯》（*Amadeus*）

《亂世佳人》（*Gone with the Wind*）

《蠻牛》（*Raging Bull*）

◎大量描繪性愛、情愛和衝突／對抗

電視劇《玩酷世代》（*The O.C.*）

《勝利之光》（*Friday Night Lights*）

《貞愛好孕到》（*Jane the Virgin*）

《唐頓莊園》（*Downton Abbey*）

《奇異果女孩》（*Gilmore Girls*）

《飛越比佛利》（*Beverly Hills 90210*）

電　影《美國心玫瑰情》（*American Beauty*）

《亂世佳人》（*Gone with the Wind*）

《北非諜影》（*Casablanca*）

◎瘋狂人物

電視劇《黑道家族》（*The Sopranos*）
《嘻哈世家》（*Empire*）
《貞愛好孕到》（*Jane the Virgin*）
《朱門恩怨》（*Dallas*）
《朝代》（*Dynasty*）

電　影《阿甘正傳》（*Forrest Gump*）
《美國心玫瑰情》（*American Beauty*）
《飛越杜鵑窩》（*One Flew Over the Cuckoo's Nest*）
《心靈捕手》（*Good Will Hunting*）
《大國民》（*Citizen Kane*）
《美麗境界》（*A Beautiful Mind*）
《阿瑪迪斯》（*Amadeus*）

《雨人》（*Rain Man*）

《社群網戰》（*The Social Network*）

《日落大道》（*Sunset Boulevard*）

《蠻牛》（*Raging Bull*）

◎引人入勝的另一世界

電視劇《黑道家族》（*The Sopranos*）

《唐頓莊園》（*Downton Abbey*）

電　影《辛德勒的名單》（*Schindler's List*）

《刺激一九九五》（*The Shawshank Redemption*）

《飛越杜鵑窩》（*One Flew Over the Cuckoo's Nest*）

《阿瑪迪斯》（*Amadeus*）

《亂世佳人》（*Gone with the Wind*）

◎在重大衝突中的愛情／家庭光芒

電視劇《這就是我們》（*This Is Us*）

《奇異果女孩》（*Gilmore Girls*）

《唐頓莊園》（*Downton Abbey*）

電　影《阿甘正傳》（*Forrest Gump*）

《美麗境界》（*A Beautiful Mind*）

《心靈捕手》（*Good Will Hunting*）

《刺激一九九五》（*The Shawshank Redemption*）

《雨人》（*Rain Man*）

你或許已經注意到上述作品的共通性：為觀眾帶來「超乎日常生活」的體驗。這些故事以某些方式誇大了日常生活的現象，讓觀眾在觀賞過程中獲得樂趣。

【戲說電視劇】

當高富帥遇上傻白甜

在一小時的電視劇中，如果沒有生死交關的風險或需要解決的案件，也沒有像半小時搞笑節目中接連不斷的笑料，那麼加入一些額外的戲劇要素就變得格外重要。因為我們需要某些東西讓觀眾願意看下去。這些要素的結合往往是取得商業成功的必要手段，而且越多越好，真的。成功的節目通常會讓許多不同的事情一次實現。

看電視劇是放下日常生活的一種方式，其效果跟電影、小說或話劇不相上下，甚至更有效。人們在周日晚間打開電視，為的是想撇開心中的某些事情，好好享受放鬆的樂趣。一般來說，觀眾想看到的肯定不是跟日常生活一樣平凡普通的劇情。人們想看到的是故事人物處理特定問題的「每周冒險」——而且當他們越想解決，事情就越容易失控。

從某些方面來說，看喜劇比較輕鬆，因為如果內容真的很有趣，故事想怎麼發展都行。電視上可以上演各種不同的角色與處境，只要能讓觀眾發笑，就算為觀眾提供了短暫放空的娛樂效果。喜劇內容亦無須過度誇大生活處境，而且能夠以「每日生活」為主題發揮，總之能帶來歡笑最重要。

其他類型的戲劇就沒那麼容易了，必須找到某些方法為觀眾提供放空之道，而且如果劇情無關生死風險，通常就意味著要透過故事人物來滿足觀眾想要卻不可得的某些心願。因此這類劇集往往充滿多金的帥哥、美女，故事中的許多衝突也都是繞著他們與其他多金帥哥、美女的羅曼史打轉。這不會是全部的劇情內容（否則就是不折不扣的肥皂劇了），但確實是黃金時段戲劇的重要成分。劇中人物的生活之所以讓觀眾著迷，不是因為他們的生活與自己相似，而是因為他們生活在更大的世界裡。

在理想情況下，劇中人物的生活與觀眾之間還是有相關性的，甚至更複雜、更深沉，而且文字更犀利、更真實。這種「性感肥皂」的元素仍是許多電視劇吸引人的關鍵。名聲、權力、金錢、美貌、魅力、性愛和某些令人大開眼界的畫面，都是為觀眾提供「甜頭」的一部分。

我看過有些失敗的（一小時節目）劇本綜述（我自己也有一些）都是在描述現實生活，還帶有某種程度上可悲的妥協，內容既沒帶給觀眾興奮感，也無法將觀眾帶到另一個有趣的世界裡。

在一小時長度的戲劇節目中，要把重點擺在能讓觀眾「忘記現實」的要素上。在理想情況下，最好還能「關於某事」，然後端出可信、令人印象深刻的人物，好與觀眾建立連結。但作者經常沒有意識到必須優先處理好「娛樂性」，才讓自己一路走得跌跌撞撞。

○○○

註1 《巧克力冒險工廠》（*Charlie and the Chocolate Factory*）中的天才巧克力製造者，劇本改編自羅爾德．達爾（Roald Dahl）同名小說。

「娛樂性」檢查表

如果你的想法能滿足以下五點，那就應該夠「娛樂」了：

1. 我很清楚自己要帶給觀眾何種情緒娛樂體驗——也知道他們為何想要。
2. 這類故事（或劇集）的粉絲會得到他們付費後應得的體驗——因為這是我的重點任務。
3. 某件超乎日常生活的事情讓我的故事或劇集變成吸引觀眾的「甜頭」——於是他們會想要更多。
4. 為觀眾提供了一種根本、普遍、情感的牽繫——就是設計來讓他們**感受**的。
5. 我會以故事或劇集的鋪陳結局和角色人物的一言一行來帶給觀眾驚喜，讓觀眾目不轉睛、沉浸其中。

第八章

意義性

Meaningful

最偉大、最豐富、最難忘的故事，
往往會在人們內心深處產生明顯共鳴，
甚至成爲一種文化的摯愛，
可能贏得獎項，並使作者一戰成名。

假設我們已經找到創新的故事想法，有足夠的娛樂價值，也有能與觀眾建立相關性的主角，在面對改變人生的風險、主動追求目標的過程中不斷被虐，而且一切都讓觀眾覺得十分可信、可理解且真實……

那麼，我們就已經超越許多作者了。而且，如果職業讀者認為我們能做到這一切（當然，這裡還有個很大的「不確定性」），就可能有機會開始進行此一項目。但是，職業讀者可能還會想問一件事，而這件事決定了項目的生與死。這個問題就是……

重點是什麼？

意思是，為什麼要寫這個故事？觀眾最後會得到什麼？除了特定的情節、人物和場景之外，這個故事還探索了什麼事情？這些事情是如何與自己的生活或人類整體的情況有著某種關聯和價值，要如何讓人看完之後有所收穫，而不是一次短暫且轉頭即忘的旅程？

換句話說，故事最後究竟帶來什麼意義——對故事人物的意義，也是對觀眾的意義。

這個故事究竟在說什麼？

現在我們要討論的是主題。主題是指人們普遍會關心的事情，例如關於如何生活得更好，如何解決生活中的問題，而這些正是構成許多故事的基礎。電影《教父》所描繪的是黑手黨的兒子如何接管並保護家族企業，但從主題層面來看，這是關於忠誠與個人、家庭與國家、菜鳥新手與經驗老鳥之間的較量。電影以豐富的手法探索這些問題，但這些問題也都沒有一個簡單的答案。正因如此，這部電影的價值就不僅僅只是一部激勵人心的黑幫電影。

意義性或許是七大問題要素中最容易被割捨的選項，因為有時一個項目就算不具備意義性，也有成功的可能。尤其是如果故事的娛樂性夠高，觀眾就能暫時原諒內容的不足之處。

但如果是剛入行、被視為是新起之秀的作者，並且想要創作出具有一番影響力的故事，那麼故事的意義性就很重要了。最偉大、最豐富、最難忘的故事，往往會在人們內心深處產生明顯共鳴，成為一種文化的摯愛，可能贏得獎項，並使作者一戰成名。

透過故事的細節來審視生活，最終得以反映出一種生存之道，主題意義就能順勢浮現——至少這是眼下最有效的方式。我指的不是那些簡單明瞭的論點，例如種族主義是好是壞，或是一個人究竟該自私或該付出。一個好的主題會權衡彼此之間的利弊，並且放大處理做決定或改變之所以困難的原因。故事要給的不是一個簡單的答案。任何後果或最終的判斷都是在故事發展過程中逐漸累積而得，並非是能輕易拋出的東西。

作者通常是要到寫作尾聲才會想到（並開始探索）主題。主題不必一開始就出現。事實上，如果沒出現是最好的。有些作者是從主題開始著手——寫出他們自己想說的話，把這搞得比將故事說好、具備其他六大要素還重要。這招通常行不通。在這種情況下，寫出來的主題都顯得拙劣且過分簡單，而且作者也會因為陷入主題而變得綁手綁腳，無法好好在故事中呈現其他六大要素。

無論一開始有沒有關於主題的想法都沒關係，因為隨著故事發展，當其他要素都被解決之後，主題就會逐漸成形，並開花結果，甚至寫作過程可能需要一改再改，關鍵主題才會逐漸明朗。無論如何，主題確實是相當值得關注的事情，我們必須確保故事背後的問題得到了有效的探索與發展。

這或許也是寫作過程中最棘手的部分，因為主題並不是可以直接看出來的東西。那是一種潛在的微妙存在，為一切加分，卻又不能直接顯露。觀眾的焦點始終都在故事人物、對話、動作和情節之上，而隱藏在這一切背後的就是主題，但你又很難直接道破。

我對於「劇本創作理論」（Dramatica）[1]很感興趣。該理論的基本前提是：完整的故事應該有四條不同的「思考線路」同時發生，第一條是主角的個人故事，第二條是所有人物都關心的整體情況，第三條是加入某些有趣的元素——讓主角考慮打從根本改變的「影響人物」，最後第四條線路就是兩個人物之間的關係，通常也是整個故事中最有火花、最重要、最具深度的關係。

這當中的「影響人物」不見得是競爭對手，有時候可能是盟友、愛人或導師——就像漢尼拔·萊克特[2]或歐比王·肯諾比[3]，或像《窈窕淑男》（*Tootsie*）中的茱莉，或《鄰家少年殺人事件》（*Boyz n the Hood*）中的傅瑞斯。

換言之，要先確保故事中有這樣的角色與關係，才能加入深度及個人元素。這與《先讓英雄救貓咪》所說的「B故事」有異曲同工之妙——從一段關係中的某些重大衝突引出主題。該主題往往會與角色弧及人物最後的變化程度有密切關係。這種關係正是推動潛在改變的因素。

劇本創作理論建議，這四條線的每一條都要探索兩種對立價值的衝突，並且不斷在劇中出現。因此，當一條線可能是在探索自信與擔憂時，另一條線的重點可能就擺在直覺與制約的對比。

無論我們是否認同劇本創作理論的觀點，但這的確是故事中最難以捉摸的地方——要如何以看似可信、自然而終能引起共鳴的方式，巧妙傳達出人物和情節背後的主題。

準確追蹤人物的變化也很棘手，而成功的關鍵是必須讓人覺得這一切都是有原因、有代價的。劇本最常出現的問題，就是某個人物最後突然像變了個人似的，說變就變，觀眾沒看到改變的過程與原因，只因為作者希望發生改變，故事人物似乎就在最後搖身一變，但在劇本中並未成功鋪陳這樣的轉變，因此無法讓讀者感受到變化的真實性，進而接受。

主題與角色弧必須以某種方式持續出現，並且貫穿整個故事，讓一切在最後都有了意義，成功烙印在觀眾的心中。無論是什麼壓力導致主角想要改變，這壓力都得持續發揮作用，如此觀眾才能接受角色弧的變化。

主題在故事梗概中不一定要出現，梗概的重點應該擺在主要的故事問題，以及原創性、受虐度、相關性和娛樂性等。但如果要將梗概延伸成一頁的劇情大綱，那就肯定得想辦法點出主題，讓讀者知道這個故事究竟在「說什麼」。然而，如果在此要明確指出故事將會探討或觸及的特定主題或人物變化，往往會讓讀者產生懷疑，也可能會讓一切看起來過於流俗，因此我們傾向把這些隱藏在故事弧和角色弧之中。正如劇本本身一樣，主題是要讓讀者自己去感受的，而不需要明講。

當人們問到故事是關於什麼的時候，他們真正想知道的就是主題：「你到底想說什麼？為什麼要寫這東西？為什麼只有你能寫？這一切是為了什麼？觀眾看完能得到什麼？」他們之所以會問這些問題，有可能只是因為還無法認同故事想法，於是禮貌性詢問，想知道故事想法從何而來，但也有可能是受到其他問題要素啟發，想要更進一步了解故事的全貌。

盡在不言中

如果說主題其實是觀眾最不需要知道的事情，其實也不無道理。如果我們以主題為主導，很可能就無法抓住觀眾的心，或是把想法推銷給他們。但如果對主題有所保留，就能吊著觀眾的心，在最後感受到作品的重量與深度。

有時候，作者對這些問題也沒有明確答案，甚至不曾真正想過。對他們而言，這就是個有趣的想法，還沒有想到是否有更大的「重點」。再次強調，有些故事就算沒有主題依然可以成功，但作者通常還是會希望自己的作品有一定的意義性，甚至這就是他們一開始想走上寫作之路的原因。那麼，該上哪找意義呢？通常是來自個人與故事之間的連結，以及其所探索的事情。

我們的作品正好反映了自己的生活，因此我們的生活經驗或強烈的情感與信仰都有助於激發靈感。在理想情況下，故事的想法會觸及虛構表象之下個人內心深處的東西。激情與熱情會驅使我們持續創作，而「創作」也是對自我信念與價值觀做出判斷的好機會。

並不是直接把某些角色設定成「好人」，把其他設定成「壞人」就行了。過於公開和明顯的表現，往往會讓人感覺不真實、缺乏說服力或興趣缺缺，還不如巧妙影射出觀眾應該從故事中的選擇、行為或結果中得到什麼，直到故事尾聲時，所有事情加在一起，就成了一件影響深遠的大事。觀眾的感受或許無法明確以文字表達，但他們會覺得自己目睹了某件能引起共鳴的事情，這些經歷既豐富又深刻，而且還有觀點隱藏其中。

當劇本讓人感到既豐富又有意義時，代表劇中人物的狀態經歷了某些特殊探索。主角所做的選擇，以及他們如何影響世界（和世界如何影響他們），都會在觀眾心中引起共鳴，久久無法忘懷。

以下十部電影是奧斯卡最佳影片獎得獎或提名之作，很明顯的都有更深層次的主題，讓觀眾在觀看之後久久無法自拔。我們可能無法用言語說明電影背後蘊藏的主題（雖然這是個不錯的練習），但這些電影的意義都遠超過其表象：

- 《綠野仙蹤》（*The Wizard of Oz*）
- 《小太陽的願望》（*Little Miss Sunshine*）
- 《斷背山》（*Brokeback Mountain*）
- 《神鬼玩家》（*The Aviator*）
- 《美麗境界》（*A Beautiful Mind*）

- 《E.T.外星人》（*E.T. the Extra-Terrestrial*）
- 《美國心玫瑰情》（*American Beauty*）
- 《鐵面特警隊》（*L.A. Confidential*）
- 《梅岡城故事》（*To Kill a Mockingbird*）
- 《殺無赦》（*Unforgiven*）

這些故事都有舉足輕重的意義，而其主題都是隱藏在表象和娛樂性背後。這些故事檢視了更深刻的議題，並讓觀眾在離開時覺得個人生命中某些有意義的事情（無論是對社會或日常生活）都得到了探索。

讓觀眾感悟意義性的十種方式

想帶給觀眾難忘且有意義的作品，有以下幾種方式：

1. 帶給觀眾某些關於這個世界或特定議題的新觀點。
2. 透過人物的奮鬥、勝利和改變來激勵觀眾的人生。
3. 透過人物之間的善良表現來感動觀眾。
4. 帶來行動號召，促使觀眾採取行動。
5. 讓觀眾能理解並欣賞他人所經歷或正在經歷的事情。

6. 讓觀眾看到自己（或認識之人）與特定人物的相似性，藉此更認識自己的內心。
7. 讓觀眾看到別人的生活，藉此為自己的生活提供新方向。
8. 讓觀眾以更寬廣的角度看世界、看問題與看人性。
9. 讓觀眾在目睹劇中人物所做或所面對的事情之後，會想做出某些改變。
10. 帶來希望或情感支持，讓觀眾知道自己並不孤單。

【戲說電視劇】

電視劇人物不能真的改變

電視劇比單一長篇故事更能深入角色的生活與人際關係，也能在過程中找到更多「意義」。對觀眾而言，長期固定觀看劇中人物的生活，也更容易受到影響與獲得滿足。觀看電視劇的觀眾較容易覺得自己與劇中人物具有真實關係，因此電視劇作者所面對的挑戰中，有很大一部分是要創造出讓廣大觀眾想要一探究竟的世界，包括裡面的人物與場景——在電視劇中，觀眾能輕鬆融入角色的世界，並且想跟他們一直相處下去。

然而，電視劇所提供的「意義」卻無法與電影、小說相比擬，因為後者都是關於人物和生活的轉變，是基於一個故事的濃縮之旅。而電視劇每周都有新故事，但每一集都是建立在同樣的問題與衝突之上，所以劇中人物看起來似乎都毫無成長、改變或學到教訓。他們可能會有一點點變化，但其主要的內心動力與外部困難必須保持不變，就這樣一集過一集、一季接一季的演下去。

電視劇本寫作新手常犯的錯誤之一，就是過於專注將長期的角色弧當作是該劇的關鍵。華特・懷特在《絕命毒師》最後一季結尾時或許會變成黑暗人物，但真正能讓該劇每周一集集演下去的，不是那如冰河般的進化過程，而是每一集都會出現的重大問題——這一切都與該劇呈現在試播集的核心問題緊密相扣。劇中人物的生活，表面上變化不大，但真正推動該劇的衝突與挑戰（以及人物本質）卻一直都在。

這不代表他們所處的狀態一成不變。劇中人物依然要面對無數的挑戰，面對重大的生活風險，只不過他們不能很快解決問題——而且集集推進也不代表「循序漸進解決問題」。相反的，每一集所呈現的是由大問題衍生出來的無數變種小問題。小問題都可以解決，但大問題一直得在。

以《慾望城市》（*Sex and the City*）為例，劇中四位女主角所處的世界必須不停挑戰與各種男人之間的關係——這就是每一個人的主要「問題」，每一集、每一季都是如此。她們每個人都有各自的內在特質，這也是帶來挑戰的部分原因，而這一點必須一直保持，節目才能繼續延伸下去。如果所有問題都解決了，那就代表最後一季最後一集的到來，每一個人都找到滿意且能維持下去的長期關係，不再有其他過不去的問題——而且每個人的內心最終也都有所成長（必要的時候，她們必須打亂一切，才能創造出更多故事，直到第一部電影上映為止）。

○○○

註1 由克里斯・亨特利（Chris Huntley）所創建的劇本寫作理論與軟體，程式內置三萬多種故事模型，還能協助設計人物、規劃情節、指引連結相關資料等，可以為作者提供寫作指南。

註2 湯瑪斯・哈里斯（Thomas Harris）筆下的食人魔博士，出現在《沉默的羔羊》（*The Silence of the Lambs*）、《人魔》（*Hannibal*）等作品中，亦曾被翻拍成電影。

註3 貫穿《星際大戰》系列作品的主要角色。

「意義性」檢查表

如果你的想法能滿足以下五點，那就應該夠「有意義」了：

1. 我的作品背後探索了普世且重要的人類問題，而且這些問題都沒有一個簡單易懂的答案。
2. 我的故事人物是受到未被滿足的根本欲望和需求所驅動，有成長和改變的可能性。
3. 故事或劇集的結尾展現出某些轉變，使這趟旅程變得更有價值。
4. 我的作品具有特殊之處，會對觀眾生活產生積極影響。
5. 我不會刻意將焦點放在主題與角色弧上——在一個引人入勝的故事中，這是微妙卻極具意義的弦外之音。

第九章

讓「問題」發酵吧！

結合問題的七大要素，就能「生出」好想法嗎？
如果你是這麼想的，請從頭閱讀本書。
再次強調，必須先有想法，要素才能派上用場！

我知道要把這些條件融入到想法之中是非常艱鉅的任務，這也是為何作者的突破與成功會如此具有挑戰性——成功後所得到的回報也一樣。

不是「業界」太過封閉，也不是「你認識誰」或「什麼會暢銷」的問題，更無關對話內容、劇本描述或故事結構。沒錯，這些都有其重要性，但對作者而言，寫作的核心永遠是一個「值得寫」的故事——這比寫作本身更重要。即便是擅長場景寫作、對話創作或故事架構的作者，要提出成功的想法也不是一件容易的事。

然而，這卻是最重要的環節。

想法究竟從何而來？

如何才能「找到」好的想法（以及我的想法方向是否準確）？這個問題一直困擾著我，或許這也是我決定寫這本書的原因吧！隨著時間流逝，我意識到我（和其他人）所認為「應該拍成電影」或「應該可以拍成電視劇」的多數想法中，其實都缺少了某些關鍵要素，而且要重新塑造出一部成功的作品並不容易。

這是大多數作者的必經過程，而其中只有極少數者能一次又一次的端出暢銷作品。事實上，許多好的電影、劇集、小說和話劇都是該作者的少數巔峰之作

（有時甚至是唯一的一部成功作品）。沒人能（或保守一點的說：幾乎無人能辦到）一個接一個的提出成功想法，然後順利推出一部又一部的成功作品。絕大多數作品的中選率都非常低，但我們會不斷努力，因為有某個力量驅使著我們去做。

說到產出想法，以及想法從何而來，不由得不承認在過程中其實有一股無法控制的神祕力量。並非把「問題」的七大要素結合在一起，就能從無到有的「生出」想法，而是要在想出來的想法上應用這些要素，以此來評估和塑造內容，畢竟得要先有想法，要素才能派得上用場，而這才是至關重要的。

在寫作過程中，每一步都需要有想法，因此作者經常都處於發想下一個想法的狀態中——哪怕只是關於下一幕該發生什麼事都算。而從我的經驗來看，想法往往都是在放下分析模式之後才會浮現的，也就是釋放當下的壓力，讓自己處在一種興味盎然和充滿好奇的狀態中，去問問題，然後傾聽答案，也許就在長途開車、散步或洗澡時，想法就突然蹦出來了。所以，作者有很大一部分的「工作」就是要放輕鬆，讓思緒流動，很有意思吧！

另一種啟動創意模式的方法，就是針對要滿足的需求或要解決的問題進行腦力激盪。我會提出一個小而明確的問題，如果問題問對了，並且用上對的方法（指放鬆和信任），答案自然就會出現，而只要得到答案，我的寫作內容就能更進一步。如果需要進行大腦風暴的話，我會傾聽心中的答案，找出各種可能性，然後再開始篩選、判斷。只要別停下來，始終保持批判與分析，在某個時間點就會出現有趣的事情。

激發創作靈感

如果想寫些東西卻沒有想法，或者不知道該寫什麼，怎麼辦呢？我會先從自己感興趣的作品開始觀察。當我在生活中消費並觀察他人的作品時，會把注意力集中在真正喜歡且想仿效的內容上，也會更關注自己在生活中想進一步探索的事情。我對什麼東西有著獨特的熱情？什麼會困擾我、讓我煩惱或感動？我會持續追蹤這些事情。

事實上，我的電腦裡有個特殊的文件檔，裡面分成四欄，記錄著各種隨機浮現、可能想寫的想法。其中一欄都是關於人物——職業、生活情況、可能的角色類型，第二欄包括世界上的各種生活領域，第三欄是場所或活動範圍，最後一欄則是地點和設定。

這些內容看似平凡，但你永遠不會知道一個故事的想法會從何而生。有一種練習方式就是去發掘日常生活中某件事情所能發生最極端、最瘋狂或最困難的情況（例如在拉斯維加斯的單身周末派對，就衍生出了《醉後大丈夫》），或是尋找最出人意料、最有趣或全新版本的事情。因為一個可行的故事往往不是出自於平淡的日常，而是極度誇張後的版本。

還有一種有效的方法是集思廣益，把看似不同的要素結合在一起，看看會發生什麼事。當我在尋思接下來該寫什麼東西時，我會一天空出五十分鐘，並在這段時間裡想出五個想法。或許聽起來很難做到，但只要用對工具，一切皆有可能。以我來說，我會打開前述的特殊文件檔，從每欄中挑出一項人事物展開配對，看看會發生何事。

一次挑一項，看看挑出來的第一項會與其他欄中的內容擦出什麼火花：「如果寫個關於外星人與棒球的故事會怎樣？」接著是「結合外星人與基因醫學呢？」「外星人與嬉皮環保者呢？」以此類推，持續進行。我的清單上可能有上百件東西可以跟「外星人」結合，很多可能是想都沒想過的組合，但由此而生的各種有趣故事可能會讓你很驚訝——只要先用一、兩句話描述可能可行的概念，後續就有發展的空間。

接下來，隔天我會從棒球著手，看看棒球跟基因醫學、棒球跟嬉皮環保者等結合的可能性。最後，每一欄中的每個項目都會被配對，看看會發生什麼事。

我不會花太多時間在這件事情上——再次強調，這只是輕度的腦力激盪。

只需用一點點時間來思考每組配對的可能性，看看是否可以找到能寫出故事梗概的基本內容，接著就繼續配對下一組，直到完成當天的「功課」。

如此持續進行一個月，或即便只在周間進行，也都能得出上百個想法。然後我會把這些想法再看一遍，其中或許會有不想做下去的東西，但也有可能找到想要做的，那就再進一步看看是否能從中找到共同之處，進而產生新的想法。

根據我的多年經驗，有助於創造新想法的基本原則如下：

1. 寫下你在世界上及在其他故事裡喜歡和感興趣的事情，並持續追蹤。
2. 專注於產出許多想法。
3. 每天固定保留一點時間做這件事。
4. 創造自己的大腦風暴工具，讓不同的故事和角色能有所結合。

5. 不要編輯、批評或試圖釐清一切，只要稍微想想可能性，先寫下來就好。
6. 了解自己喜歡何種文本——先研究一番，然後將其融入思考過程（但對新的可能性仍保持開放態度）。
7. 先提出可能的故事片段或問題，答案往往會在不經意中出現。記得要以輕鬆玩耍的心情來進行。
8. 花點時間去從事其他活動，有助於醞釀新的想法，因為想法也喜歡散步、兜風、騎腳踏車。
9. 最後一點，努力去了解讓故事想法變成可行的關鍵要素，如此才能將其變成本能，自由運用於想法篩選之中。

再次強調，我們的目標是要持續產出、記錄和搭配各種想法，不要想法一出現就急著開始寫作、埋頭苦幹。你現在應該知道，身為作者，文字寫作是其次，更重要的是決定要寫什麼：想法。

才能不是成功關鍵

世界上有許多人想靠寫作維生，但真正能賺錢或把作品賣出去的只有少數。與其他行業相較之下，寫作算是競爭非常激烈，而且只有能證明自己作品有賣點的人，才有可能進入這一行。這行很容易讓人覺得裡面只有兩種人：有才能者和無才能者，有才能的人就能成功，而其他的就是……路人甲。

阿奇瓦·高斯曼（Akiva Goldsman）是最成功的編劇之一，曾以《美麗境界》拿下奧斯卡最佳改編劇本獎。他在二〇〇七至〇八年的美國編劇協會大罷工事件中說過一句讓我印象深刻的話。他說，在他的一生中，不斷有人告訴他該「停手」了，認為他不具備當作家的條件。而他最後成功的祕訣是什麼？就是他從不停手。

在這句簡單的話語中充滿了深奧的智慧。或許有些人腦筋動得比較快、比較有天賦，但我不知道有誰與生俱來就是當作家的料。回顧寫過的劇本（甚至有的已是現在的劇本初稿），其實當中有很多都「不夠好」，也就是還沒好到讓人願意讀下去、想要一探究竟。在我看來，所謂的「才能」（即能讓某些人成功的條件）其實與態度和練習有關，而非取決於天賦。

對所有的作者而言，從寫出來的東西不被看好，到讓人相信你有才能、證明自己有當作者的條件，一路走來的每一部作品都是職業生涯成長過程的一部分。

以我的首部職業作品《飛向月球》的其中一集劇本為例，坦白說，我為了那一集寫過無數份初稿，卻沒有一份能讓老闆相信我的才能（但從我的其他成功作品來看，顯然我應該還是有點料的）。他們不斷給我建議，而我也持續改進。

最後，我交出去的初稿其實跟前一版的內容差異不到百分之十（當時我已經數不清寫過多少回了），但在其他人眼中，這份劇本卻搖身一變成了好作品，並且突然大大相信我有能力把工作做好，不僅這份劇本突然過關了，後來還被要求進行其他的劇本創作。是我做了什麼改變才瞬間擁有前所未有的才能嗎？並不是。

從「我沒有才能」到「我有才能」，其實無關天賦或能力，而是取決於一路走來的態度與行動：有沒有努力把該做的事情做好——包括與他人溝通，以及掌握他人情緒。

只要做出選擇，並堅持下去，每個人都可以用自己獨特的方法做到這一點。因此，我建議不要再去想自己是否「有才能」。這不在你要考慮的範圍。你肯定有。你的成功之所以特別，就在於你這一路走來所做過的一切。

BA6319

想清楚，寫明白 好的影視、劇場、小說故事必備的七大元素

The Idea: The Seven Elements of a Viable Story for Screen, Stage or Fiction

作者 / 艾瑞克·柏克（Erik Bork）
譯者 / 張瓅文
企劃選書 / 何宜珍
責任編輯 / 章孟岑
協力編輯 / 潘玉芳
版權 / 黃淑敏、吳亭儀、邱珮芸、劉鎔慈
行銷業務 / 黃崇華、賴晏汝、周佑潔、張媖茜
總編輯 / 何宜珍
總經理 / 彭之琬
事業群總經理 / 黃淑貞
發行人 / 何飛鵬
法律顧問 / 元禾法律事務所 王子文律師
出版 / 商周出版
台北市104中山區民生東路二段141號9樓
電話：(02) 2500-7008 傳真：(02) 2500-7759
E-mail：bwp.service@cite.com.tw
Blog：http://bwp25007008.pixnet.net./blog
發行 / 台北市104中山區民生東路二段141號2樓
書虫客服專線：(02)2500-7718、(02) 2500-7719
服務時間：週一至週五上午09:30-12:00；下午13:30-17:00
24小時傳真專線：(02) 2500-1990；(02) 2500-1991
劃撥帳號：19863813 戶名：書虫股份有限公司
讀者服務信箱：service@readingclub.com.tw
城邦讀書花園：www.cite.com.tw
香港發行所 / 城邦(香港)出版集團有限公司
香港灣仔駱克道193號超商業中心1樓
電話：(852) 25086231傳真：(852) 25789337
馬新發行所 / 城邦(馬新)出版集團【Cité (M) Sdn. Bhd】
41, Jalan Radin Anum, Bandar Baru Sri Petaling,
57000 Kuala Lumpur, Malaysia.
電話：(603)90578822 傳真：(603)90576622
E-mail：cite@cite.com.my

美術設計 / COPY
印刷 / 卡樂彩色製版印刷有限公司
經銷商 / 聯合發行股份有限公司 電話：(02)2917-8022 傳真：(02)2911-0053

2020年（民109）12月01日初版
2023年（民112）01月05日初版2刷
定價380元 Printed in Taiwan
ISBN 978-986-477-940-6

國家圖書館出版品預行編目

想清楚,寫明白：好的影視、劇場、小說故事必備的七大元素 / 艾瑞克.柏克（Erik Bork）著；張瓅文譯.
-- 初版. -- 臺北市：商周出版：家庭傳媒城邦分公司發, 民109.12 296面；14.8×21公分
譯自：The idea : the seven elements of a viable story for screen, stage, or fiction
ISBN 978-986-477-940-6（平裝） 1. 寫作法 811.1 109016055